云间烟火
是人家

彭志勇／著

九州出版社
JIUZHOUPRESS

图书在版编目（CIP）数据

云间烟火是人家 / 彭志勇著. —北京：九州出版社，2021.6

ISBN 978-7-5225-0058-4

Ⅰ.①云…　Ⅱ.①彭…　Ⅲ.①散文集－中国－当代　Ⅳ.①I267

中国版本图书馆CIP数据核字（2021）第097418号

云间烟火是人家

作　　者	彭志勇　著	
责任编辑	刘　嘉	
出版发行	九州出版社	
地　　址	北京市西城区阜外大街甲35号（100037）	
发行电话	（010）68992190/3/5/6	
网　　址	www.jiuzhoupress.com	
印　　刷	炫彩（天津）印刷有限公司	
开　　本	880毫米×1230毫米　32开	
印　　张	7	
字　　数	101千字	
版　　次	2021年7月第1版	
印　　次	2021年7月第1次印刷	
书　　号	ISBN 978-7-5225-0058-4	
定　　价	49.00元	

自序 *Preface*

我，20世纪70年代出生在贫困山区，注定幼年要经历许多苦难。小时候，一家六口人，奶奶因病长期卧床，父亲虽是小学教师，但属于民办，仍是农民的身份。

父亲平时住校，只有星期六下午才能回家，星期天下午又得返校。加之父亲一直多病，家里缺少男性劳动力，我家算是"缺粮户"。记得六岁那年，奶奶于农历二月初三去世，办完丧事家里的粮食已经全部吃完了……

大姐、二姐放学回家的第一件事就是背起背篓、拿起镰刀去打猪草！学龄前，我也常被母亲带到田间，却并不安排我做事。母亲常把背篓里的一茶缸米饭塞给我，自己则啃完冷苕渣粑粑，又开始劳作。

怎么锄地庄稼长势才会好，什么季节播什么种子、收什么粮食，什么时候追肥……听母亲讲得多了、见得多了，我自然也就了然于胸了。父亲却一心想让我走读书这条路，上小学后，即便寒暑假也不让我去田间干活。我便在家偷偷学着煮米蒸饭、烧菜烹茶，一来是想父母姐姐回来有吃的；二来是真的看不进那枯燥无味的教科书。我也会时不时抓住父亲出去开会或不在家的空档跑到农田去摸摸锄头、上山拾拾蘑菇，更喜欢到水田里去踩秧草，在家推磨、舂碓……只是干什么都只有三分钟的热情。我仍然看见母亲饿了只啃几口冷粑粑，渴了在溪边喝几口凉水……

有一年暑假，一阵龙卷风夹着冰雹将长势极好的玉米和水稻摧残得几乎颗粒不收，母亲站在门边喃喃自语道："老天爷呀，你还让不让人活呀，马上就要收了……"她强撑着喂了牲口，为我们做了晚饭，自己一口没吃就进房倒在床上。一向健康坚强的母亲病倒了，吃了些赤脚医生开的草药又开始下地干活，只是再也不让我下地干活了，说爹多是对的，要我好好读书，将来在外面找点儿事做，说种田是靠天吃饭……

我下决心要学个一技之长混出个人样儿来，这是一个山里娃的远大抱负。我想过当木工、石匠，还称要拜个篾匠师傅，或是学修电器啥的……也许是受到"孟母三迁"的启示，父亲决定让我住校。

　　后来，我接触了化学，又学了化工，工作了十多个年头。如今，自己的公司经营得还算顺利，作为深山里的孩子，可算得上成功者中的一员了，但灵魂深处依然残存着许多山里娃的弱点——我不愿去见地位显赫之人，拉不下脸去求人……在婚恋遭到打击或心灵感到疲惫之际，我发呆、酗酒、骂人……每每此刻，便有诸多前辈、朋友送来安慰。对此，我无不铭记于心。要感谢的人太多了，多到忘却了具体的对象，只有把这种感激转化成动力，努力地奋斗！

　　就这样，在经意或不经意间写起了一段段关于故土的文字，遂成了这本《云间烟火是人家》。再次，感恩生活。

别了，化院^①

　　蓝天飘白云，高楼点绿茵，鸟语盈耳香满路，绿荷万点洒一湖——啊！这是与我朝夕相伴四度春秋的化院吗？漫步于绿荫小道，观赏着迷人的叠翠湖，呼吸着熟悉的、甜润的空气——啊！真的吗？别了，化院！别了，母校！

　　化院，我的母校，是你，使我满怀信心地走向远方！

---

① 此处的"化院"指作者的母校武汉化工学院，现武汉工程大学。

是你，教我本领；是你，燃起我的希望之光！

化院，我的母校，三十年了，从艰苦创业、百废待兴到今天硕果累累、桃李满天下；你为祖国输送了一批又一批的高级人才。我亲爱的老师，辛勤的园丁，日复一日，年复一年，两袖清风上讲台，一腔热忱写春秋——面对条件艰苦乃至超负荷的工作，你们没有停步，从无怨言，含辛茹苦，难也拼搏，苦也拼搏，为了化院的建设与发展，殚精竭虑，鞠躬尽瘁，你们值得讴歌，当之无愧！

忘不了，系主管学生工作的任书记，想学生之所想，急学生之所急；嘘寒问暖，谆谆教诲；身为领导，身先垂范；工作在八小时之外，奉献于同学们之中。忘不了主管教学工作的喻发全主任，身在病房心在课堂；前脚走出医院大门，后脚迈进实验室——惦记着他的工作，惦记着他的学生。忘不了教授高分子化学的闫福安老师，授业解惑，耐心细致，关心学生们的就业问题。忘不了那些身在平凡岗位上的平凡教师，教书育人，为人师表，甘为人梯，呕心沥血。正因有了你们，才有了今日化院的辉煌！

"所做平凡事，皆成巨丽珍！"董必武的诗句正是你们品德和精神的真实写照和最好的评价。

时光流水快，梧叶易为秋，四年光阴影影绰绰一挥间。怎么舍得离开你，我的化院！怎么忍心离开你，我的母校！怎么能够忘记你们，我的老师！四年来，流金岁月谱写人生如梦，青春年华诉说大学如歌——无论走到哪里，母校化院都是我无限的依恋和永远的牵挂；无论走到哪里，我都要为化院增光添彩。

别了，化院！别了，母校！天涯海角，我都会默默为你祝福：化院明天更美好！

渡　船

　　2008年的五一，我回宜昌看望女友，顺便回了趟老家。在老家长阳的清江上，我再次看到了忙碌的渡船，第一次见到渡船时的情景再次浮现于我的眼前。

　　二十三年前的春天，父亲第一次带我去县城。到清江边等待过江之际，父亲兴奋地叫我："勇儿，快看——渡船！"顺着父亲手指的方向望去，只见一只渡船载满乘客缓缓而至，庞大的身躯与急流拼搏着。我看到父亲久病初愈的脸上掩饰不住的兴奋，此时的他望着江中的渡船陷入了深深的沉思……

20世纪70年代，父亲成为一名教师。在那个尚未普及九年义务教育的时代，小升初的考试是学业生涯中的第一次挑战。父亲会在考试那天早早在考场门口摆张桌子，准备一些笔墨、热水、水杯之类的，以备学生的不时之需，且年年如此。记得有一个叫小伟的学生，家里排行老大，学习成绩非常优秀，怎奈其生父早逝，养父患疾，母亲体弱多病，不得不辍学回家照顾弟妹。父亲带着两个月的工资去小伟家进行家访，对他父母讲，小伟是块上学的料子，哪怕砸锅卖铁，卖屋上的瓦片子，也要供孩子上学。后来，小伟不负众望，师范毕业后回乡做了老师，当了校长。父亲，不也是一艘渡船吗？为祖国、为家乡送去一批又一批的人才。

多少年来，父亲尽忠职守，从无怨言，难也拼搏，苦也拼搏，为家乡的教育事业倾尽所有。

一次，在病魔的捉弄下，父亲住进了医院，惹得无数学生、家长、同事百感交集，忍不住落下了焦急的眼泪。

所幸在医护人员的精心护理下，父亲的身体有了起色。可刚有好转，他就不顾医生的警告、领导的命令、同事的劝慰、家长和学生的请求，提前出院回到了自己的前沿阵地——讲台。

啊，渡船，我深深地爱着你，爱着和你一样忙碌的父亲，爱着和父亲一样无私奉献的教师！

啊，教师，你们是在困难中奋斗的人，身居斗室，两袖清风，时时为学生操劳；讲学谈心，家访辅导，从来闲不住脚步，每当月沉星移，你们仍在灯下仔细批改作业；为了培养后代，你们含辛茹苦，整日操劳——你们是最可爱的人！

板栗树下的深情

雨淅淅沥沥地下着，下着……

窗外，雨中的天显得那么空旷，苍茫中显现出一丝神秘……

侄女打来电话，告诉我老屋后面枯萎多年的板栗树不堪风雨的摧残倒下了。思绪瞬间似脱缰的野马狂奔起来，奶奶那慈祥的笑容浮现于眼前，而老屋后那棵古老的板栗树承载了我整个童年的欢声笑语。

没人知道那棵板栗树究竟有几岁，要好几个小朋友手拉手才能围住它。板栗成熟的时节，也是我和小伙伴们最感快乐的时候。大家比着早起，好去屋后捡拾昨晚被风吹下来的板栗。而奶奶总在我们起床前就捡了好多好多。

一次大风天，狂风将板栗树的树枝吹断落在屋顶上，压坏了好多瓦片。爸爸要将板栗树砍掉，奶奶却抱着树干执意反对。后来，爸爸到底放弃了砍树的念想。

树干的下部还有一个很大的树洞。五岁那年的秋天，我和小朋友捉迷藏，钻进了树洞，竟不知不觉地在里面睡着了。突然，天下起了雨，奶奶叫着我的名字四处找人。最后，奶奶背着我往家里走。也许是我变沉了，也许是奶奶年岁太大了，她脚下一滑就摔倒了……后来，奶奶的伤好了，身体却比以前差了好多。

第二年春天，板栗树就不再发芽了，奶奶也在这个春天永远地离开了我们。那年，我刚满六岁。奶奶去世后，父亲把我带到学校，开启了我的校园生活。只是，再也没有人提起将那棵不再发芽的板栗树砍掉，大家似乎都期待着有一天奇迹发生，那棵板栗树会重新抽出新芽……

如今，我早已走上工作岗位，家境也比以前好了很多，可带我度过儿时艰辛年月的奶奶却没有等到这一天。听父亲说爷爷是在他三岁时去世的，奶奶带着五个孩子（父亲是老幺）跨过风雨岁月，子女们都成家立业了，可当真正幸福的生活来临之际，她老人家却先行离开了我们。

　　我怀念家乡，怀念家乡的板栗树，更怀念九泉之下的奶奶。希望老人家在另一个没有纷争的世界安息。

已看不到板栗树的家乡

奶奶的安息之地

大姑妈

大姑妈大父亲十多岁，按我们当地的习俗，爸爸也要称她"您"，而非"你"，以示尊敬。

小时候，奶奶和爸爸的身体不好，家里常能闻到中药的气味。大姑妈常来看望我们，从那时起，她慈祥的面容就定格在我的心中。

懂事后，常听父亲教育我大姐，要她向大姑妈学习，说大姑妈颇具家姐风范，堪称学习的榜样。后来，我也常到大姑妈家走动，对她的一生亦渐渐有所了解。大姑父比大姑妈大十岁，当过村里的干部；大姑妈的三个孩子都工作并成了家，却和父母分开过；大姑父爱打牌，经常在外打牌，有时也会把牌友带回家；大姑妈则在家里打理家务，还养了好几头猪。再忙再累，大姑妈也不会干涉姑父的爱好，有时姑父在牌桌上与牌友发生争执，她也会在事后偷偷去调解。好多次姑父打牌回家，距家门口还有段距离的时候就吆喝着媳妇去接他。大姑妈会马上放下手中的活，赶去陪姑父一起慢慢走回家……老两口儿相携相伴的段子就这样被传为当地的佳话。

后来，姑父病了，大姑妈精心照顾了一年多。姑父去世，悲痛过后，大姑妈又开始料理后事。七天之后，就在姑父准备入土为安之际，大姑妈突然停止了呼吸。就这样，大姑妈追随最爱的人一起去了另一个世界……

大姑妈对姑父的爱是无怨无悔的，为姑父所做的一切都是心甘情愿的。不管他在做什么，她总是微笑着去面对、去理解。

我远没有大姑妈做得好，总是希望自己最爱的人陪在

大姑妈 ◗

身边，有时难免让对方感到压抑。大姑妈是我学习的榜样，面对自己爱的人，就应该向她那样无怨无悔，不计回报。

生日随想

　　母亲在电话里说，父亲前两天就开始念叨我的生日了。是的，今天是我三十六岁的最后一天，整整三十六年呀——从咿呀学语到蹒跚学步，从快乐的童年到天真的少年，从满腔热血的青年到被残酷现实洗礼而感到彷徨的中年，我思绪万千。

　　而立之后，我组建了一个属于自己的家。从此，有了家的感觉、家的责任。

2011年，我升级做了父亲。看着儿子一天天长大，也让我感到自己在一天天变老。只有在此刻，我方才明白父母那难言的心酸——他们是多么盼望能够见到自己的孩子承欢膝下，而我们却以工作忙碌、生活压力大为由很少回家，甚至几个月都不给父母一个电话。

去年上半年，我只要周末不打电话，父亲的电话必定周一准时到，问我为啥不给家里电话，大姐、二姐快过生日了，也会提醒我给她们去个电话。就这样，不知不觉连着几周我都没给家里电话，父亲也没有再来电话了。后来还是大姐打来电话说父亲病了，又不肯去医院，让我劝一劝。我虽然平时喜欢和父亲抬杠，但好多事情他都会征求我的意见。于是，在我的劝说下，父亲终于住进了镇卫生院。然而，他的病情并未得到控制，二十天后又转入县人民医院。随着病情的不断恶化，父亲很快转入宜昌市中心医院。某天凌晨一点多钟，我突然接到母亲从医院打来的电话，说值班医生告诉她父亲随时会有生命危险。我没有叫醒妻儿，直接打电话让司机送我到机场。当我赶到病房，看到父亲的鼻孔插着氧气管，床头放着心电监测仪……

很快，妻儿、姐姐姐夫、外甥女等陆续赶到医院。父亲的意识已经混乱，只能认出我的儿子和两个外甥女，三个最让他挂怀的孙辈。

亲戚朋友都来电劝我们放弃，趁父亲还有口气转回长阳老家。老家的风俗是要在亲手建造的房子中走完人生的最后一程。姐夫找我商量，我不相信父亲会这样离开我们，毕竟他才六十五岁！我坚持观察几天再看。也许是上苍被我们的诚心感动了，父亲逐渐恢复了意识。就在他六十五岁生日当天，医生说他的各脏器已恢复到出院的指标，脑梗的问题需要慢慢康复，建议转回地方医院。就这样，父亲转回镇上的医院，在母亲的精心照料下，可以逐渐下地走路了。

2014年春节，我同妻子商量，一改往年腊月二十九回家的行程，二十八那天就往家赶。父亲听说我们要回来，就时不时在门口张望念叨。正月初二我们返程时，他克服因脑梗会时不时昏睡的不便，竟然一天都没卧床，动辄就让大姐打电话问我们到哪里了，是否平安顺利。

三十六年了，我们永远是父亲的牵挂。儿行千里母担忧！而作为晚辈的我们，却一直为了追求所谓的成功，一次次忽略他们的感受，一次次残忍地打断他们情不自禁的唠叨……

感谢父母的养育之恩，感谢妻子为了家庭不辞辛劳，感谢岳父岳母为了帮我们带孩子背井离乡，感谢所有关心支持我的人！祝福好人一生平安、幸福永相伴！

父亲的生日

一片黄叶在夜空中划出一道美丽的弧线飘落下来。一叶落而知天下秋，这也许就是秋天带给黄叶的命运吧！

我喜欢春天的美丽，却更喜欢秋天带来的丰收！童年，秋天是最让人开心的。当时，很少有卖水果的，大家也没钱买，只有在秋天，父母会上山给我们摘猕猴桃、板栗、柿子、八月渣……如今，一年四季想吃什么水果都可以买到，太幸福了。而父母摘野果时蹒跚的背影则深深烙印在我的记忆深处！

今天是父亲六十六岁的生日。父亲的一生很清苦，两岁丧父，几十年来峰回路转、人世沧桑，从无知晓他是用怎样一种表情来面对飘飞如雨的落英的。从我记事起，他一直用一己肩头挑起星移斗转、四季轮回。父亲的一生归纳起来可以用两个字形容——操心！为学生操心、为家庭操心、为朋友操心、为族人操心、为祖宗操心……记得很小的时候，父亲总在操心哪个学生需要补习，哪个学生棉衣太单薄需要叫到宿舍烤火……彼时冬天，父亲的寝室总会多出几张床，连我也只能挤在他的脚头凑合着睡。老家村中有人因琐事闹矛盾，最后都是由父亲主持公道，维系邻里和睦；遇到族里有人盖新房、子女考上好学校等喜事，他也要去放鞭炮，送上红包。

族里有人说我们家族是安史之乱时由江西南昌逃难到湖北的，父亲又不辞辛苦翻山越岭查找最早在我们县落户的祖先，为他们重新立碑祭奠，并整理家谱印刷成册。

为了家庭子女，父亲没少操心，时时教导我们做人的原则：宁肯自己吃亏也要帮助朋友；做生意不能偷奸耍滑；

百善孝为先；要不忘生我养我的故乡、邻里；时刻怀揣感恩之心。

　　然而，生活在不同时代的人难免有代沟，针对父亲按部就班的生活方式，年少轻狂的我曾在一封家书中写道："我将来不会选择您的生活方式，我要经商，唯有经商才能致富……"很难想象父亲当时阅信的心情，如今想来，不禁汗颜。

　　尽管家境清贫，父亲仍竭心尽力地培养我们长大成人、立业成家，并在各方面严格要求我们，教育我们"好好做人"。我始终忘不了父亲面对困境时闪光的双目和恬淡的笑容。

大　姐

收到宜昌第一人民医院乐锦波医生发来手术成功的微信已是下午五点多了。姐夫说大姐尚在手术室内，她是早上八点被推进去的，手术历时九个多小时，可以想象难度之大。

大姐大我五岁，从记事起，就是她一直照顾我，领我踏进小学的校门，在我小学还未毕业时，大姐已经初中毕业了。当时家中境况不佳，父亲要上班，二姐和我尚在求学，母亲独自务农，还要饲养牲畜家禽。经过深思熟虑，大姐选择辍学，回家种地养猪，帮着父母撑起这个家。就这样，大姐一直默默无闻地在老家侍奉双亲，在大山里辛勤劳作。在当地，大姐这样的年轻人要么外出务工，要么迁往县城，可她却坚守老宅，还不断翻新扩建房屋。对此，很多人都表示不解，她却毫不在意，将全部心血都倾注到了这个家中。每次回家，大姐总要叮嘱我："生活再难，也不能卖山里的房子和土地。如今国泰民安，但万一有个什么变故，山里不愁吃住，必须为后人留着……"这就是大姐，永远懂得未雨绸缪。

初中住校时，我们要自己把口粮背到学校。大姐每周会背着现做的新鲜小菜、大米步行十多公里送到我的学校，只为让我在上学途中轻松点儿（那时上学都是几个同学结伴步行三个多小时），又能吃得新鲜。从初中到高中，大姐每周如此往复，每次我上学前的行李也是她亲手收拾好的。如今，每次离家前还是大姐一件件地帮我收拾东西。

大姐毫无私心。20世纪80年代，武汉的姑爹姑妈寄回去的衣物，她总是挑好的留给我们，就连后来谈了对象男方送的布匹也给我做了裤子。她总是对我说，"你在学校要穿好点儿，我在家不用讲究！"每年养猪卖的钱也都用在我们这些弟妹身上！

大姐很要强，什么都怕落后于人，种地也是全情投入。母亲说，即便双腿痛得不能走路，大姐还是几步一歇地下田地，也不去大医院好好看看，就是每天大量吃止痛药、消炎药。那年我回家见到大姐时，心中不禁一阵酸楚，才四十出头的她已是满头白发。在我的劝说下，她终于同意去宜昌市中心医院做个检查，却又反复对我说，最多去三天，家里还有一大堆的事情！我把她介绍给医院的朋友，托朋友尽快帮忙查出疼痛的原因，随后就匆匆赶回单位。谁知我刚到单位，大姐就来电让我叫医院的朋友给她办理出院手续，说是血液指标没有问题……我一听就急了，用近乎哀求的语气劝她务必把病因查出来。很快，朋友来电告知大姐的病是劳累过度导致腰椎开裂、滑脱。当医生让她选择是手术治疗还是保守治疗时，大姐又选择了回家……后经亲朋好友反复规劝，大姐才终于同意接受手术治疗。医生在看过X光片后告诉我们，大姐的腰椎崩裂、滑脱，不同于常规的腰椎间盘突出病人，手术的难度非常大。收到医生告知手术圆满成功的消息，我心甚慰，祈求大姐早日康复。

如今，父亲生活不能自理，母亲年事已高，大姐坚持守在他们身边，绝不远行。她是当之无愧的家姐——所做平凡事，皆成巨丽珍！正是由于大姐的无私奉献，高堂不寂寞，二老可以在老家安度晚年，也令我们能在外安心工作，每次回家都能感到无比的温暖和欣慰！

大姐，谢谢你！

背　影

那是1995年的初夏，我正在紧张备考，很快要去乡里的麻池中学参加中考。一天，我突然感到腹部一阵剧烈疼痛，顿时满头大汗。眼看着疼痛没有丝毫减轻的迹象，我报告了当时正在组织复习的向王桥中学校长、我们的化学老师吕学炳。吕老师一面让同学把我送进离校只有三百米的卫生所，一面安排学生赶去通知我的家长。

然而，输液也止不住我的剧痛。父亲赶到医院，与吕校长、班主任张祠忠老师商定，把我转到麻池中学考点旁边的麻池乡卫生院。到达乡卫生院时已是次日中午。输完液已到了晚上六点，疼痛依旧，病床上的被子几下就被我蹬得乱七八糟。要知道，第二天早上八点就是决定我人生最重要的一次考试。住院部的主治医生杨子平见状征求父亲的意见，他要给我用麻醉药品——吗啡！杨医生说只有吗啡可以止痛，但很可能会影响我明天考试的正常发挥。作为教师的父亲向来把成绩看得高于一切，可在当时紧迫的情境下还是签字同意了。

　　注射吗啡半小时后，我终于平静下来，进入了梦乡。我第二天早上六点多钟醒来，发现陪床的父亲正在病房内的简易书桌上写着什么，两鬓愈显斑白，脊背微驼令人心酸。见我醒来，他告诉我自己正给县里来的主考官写申请，说是我患了肾结石，考试过程中有可能要小便，而且带了止痛药，请监考老师在看到我举手后帮我送开水服用。随后，我打完针便跟着父亲赶到考点。身材矮胖的父亲迈着蹒跚的步伐走进一间间办公室，和老师逐个解释……他那微驼的背影牢牢烙印在我的记忆深处。

后来，我考到了长阳二中，又进入了武汉化工学院。当父亲试探性地问我能否去宜昌的化工企业应聘时，我傲慢地笑道："那有什么前途？我要出去闯！"年少轻狂的我极度向往外面精彩的世界，于是我去了离家乡千里之外的他乡。

如今想来，我的心中生出丝丝的愧意。父亲微驼的背影始终缭绕在我的眼前。如果再给我一次选择的机会，我一定会留在家乡创业，一定！

幺姑爹

　　下班回到家中，妻子让我试穿新衬衣。拆开衬衣颈部的塑料圈时，幺姑爹带着我在武汉买衬衣的情景浮现在我的眼前。

　　我出生于崇山峻岭的深处，生活清贫，时常会听奶奶、爸妈说起千里之外的省城武汉还住着我们的亲人——幺姑妈一家！从此，从未见过面的幺姑爹、幺姑妈成了我的记忆标签，也成为我在小伙伴面前炫耀的谈资，毕竟不是所有人都会在武汉有亲戚的。

我六岁那年，因奶奶生病、去世，幺姑妈回了几次老家。为奶奶办丧事的那晚，父母忙得没时间管我，隐约记得是面容慈祥的幺姑妈抱着我，让我在她温暖的怀抱里安然入眠。几天后，她就回武汉了。可我还没见过幺姑爹，就常拉着父亲问幺姑爹到底长什么样儿。

小学二年级的寒假，父亲决定带我去武汉姑妈家玩几天。记得当时是在村里找了个熟人介绍了一辆正好去县城的东风140货车，与大姑妈的大女儿、大女婿，大爹的大儿子，一行五人就这样坐在车的货斗里踏上了崎岖的山路。当时没有高速公路，必须在县城住一晚。许是从未走出过大山带来的新奇感，许是即将见到传说中的幺姑爹，小小年纪的我竟然失眠了！很可能是受到路灯影响，公鸡打鸣也不准时，听到鸡叫三遍的我了无睡意，便把其他人全部叫起来。一行五人只有一人有手表，显示才一点多，大家都坚信是表不准时了，既然鸡都叫了三遍，至少应该三点多了。当时县城到武汉的长途客车是凌晨五点发车，又正值冬季，天不亮也很正常。县城的旅社晚间都是锁门的，我们便叫醒服务员开门，随后被告知当时的确才凌晨一点半……

当我们出现在汉口长途车站的出站口，一位身材高挑的男子一下子抱起我，兴致很高地说："勇勇，我们是第一次见面！"这位就应该是那位只闻其名的幺姑爹了！此后的几天，都是幺姑爹带我进澡堂洗澡，连早上起床也是他给我穿衣服。很快，我就入乡随俗被打扮成武汉小帅哥的样子了。我登上了武汉长江大桥、黄鹤楼，到归元寺数了罗汉，看到了此前从未见过的轮船、火车，还去了汉阳动物园，第一次尝到了坐电梯的滋味……姑爹听我说眼睛看不清，就严肃地批评父亲不重视，并带我到协和医院做了检查，后被诊断为散光，并给我配了眼镜。

上初中后，有一次我和同学闹着玩，搞坏了眼镜，就背着父母偷偷给幺姑爹写了信。很快，我收到了幺姑爹配好的新眼镜和回信。他在信中说："勇勇，你要好好上学，好好读书，有好多亲人看着你呢！"姑爹的书信激发了我的斗志，鼓舞着我奋发图强。

高考过后，幺姑爹亲自为我挑选学校和专业。1959年毕业于华中师范大学化学系本科，并在武汉化工二厂任总设计师、高级工程师的幺姑爹，也把我带上了化工之路！

在武汉上学的四年间，我的生活起居都备受姑爹、姑妈的照拂。有一次姑爹带我去武广买衬衣，当时，营业员只用衬衣颈部的塑料圈在我脖子上套了几下，就判定了我的尺码。可回到家试穿才发现衣服买大了！六十多岁的姑爹顶着烈日坐公交返回武广，当营业员说衬衣开过包装不能换时，他就急了，和营业员理论道："明明是你们推荐的尺码，不专业也就算了，还不讲理……"一切都是为了我，只为让我能穿得合身一点。

时间总是过得很快。我大学毕业去广东前，姑爹、姑妈又买了很多菜，把表哥、表姐都叫回家为我践行。"勇勇，四年了，你已经是我们家的一员了，现在突然要离开，我们会不习惯的……"姑妈、表姐已经泣不成声。幺姑爹站起来劝道："别哭！好男儿志在四方，理应去寻找属于自己的天地！走，姑爹送你去火车站！"

岁月总是不饶人。我儿子出生那年，幺姑爹已是白发苍苍，却依然携姑妈、表姐长途跋涉，到大山深处的老家为我送去祝福。

接到幺姑爹病危的电话时，我正在开车，随后眼泪汪汪致电妻子"我要回武汉"。当赶到汉阳幺姑爹的家时，我见到幺姑爹的遗体平静地置于客厅，面相依旧慈祥，却已永远离开了我们。姑爹安葬之后，我丝毫未有在武汉逗留的心情，连夜坐上回宁波的长途大巴，想在车上一个人安静下来好好回忆和幺姑爹相处的点点滴滴。

时间一晃又过去了三年多，我经营的化工公司事业蒸蒸日上。可以说，幺姑爹对我的一生起了决定性的作用。我怀念可亲可敬的幺姑爹！九泉之下的幺姑爹，您好好安息吧！

教　鞭

　　邻居乔迁宴上，说到上学喜欢哪位老师，勾起了我对校园生活的回忆。

　　在我求学的那个年代，老师有一种必备的教具是如今的孩子不曾见过的，那就是教鞭！应是由过去私塾先生使用的戒尺演化而来的。

　　彼时，老师先用粉笔写好板书，再用教鞭指着讲解。有时，老师会用教鞭在讲台上敲出巨响，提醒同学们安静听讲，或是敲打个别走神的学生。我在麻池中学上初一时的语文老师肖远旭就酷爱使用教鞭。肖老师是全乡初级中学中唯一具有本科学历的教师，他戴着黑框眼镜，手中常拿着一根小拇指粗细的竹鞭，不知用哪里讨来的生漆漆得乌黑发亮，尾部还系着一小撮丝带。他从来不用挂在黑板一侧学校准备的公用教鞭，只用自备的那根。也许是为显示身为本科生的优越感？

一天下午上课，课堂异常安静，我也有些昏昏欲睡。肖老师正在台上讲解阿尔丰斯·都德的短篇小说《最后一课》。"法语，是世界上最优美的语言！"读到此处，肖老师突然话锋一转，提高音调道，"汉语，才是世界上最优美的语言。新加坡总统李光耀都提倡学习汉语，然而我们自己的同学却不好好学习，语文课上打瞌睡……"几乎是在同时，教鞭已经点到了我的头上。从那以后，偏科严重、文史成绩不佳的我也会偶尔认真看完一篇文章，学习一些写记叙文的小技巧，也敢写点儿东西了，却始终分不清主谓短语和动宾短语。可以说，没有肖老师，就没有我今天的文章。

谢谢肖老师，和他的那柄教鞭！

教　鞭 ○

一张珍贵的照片

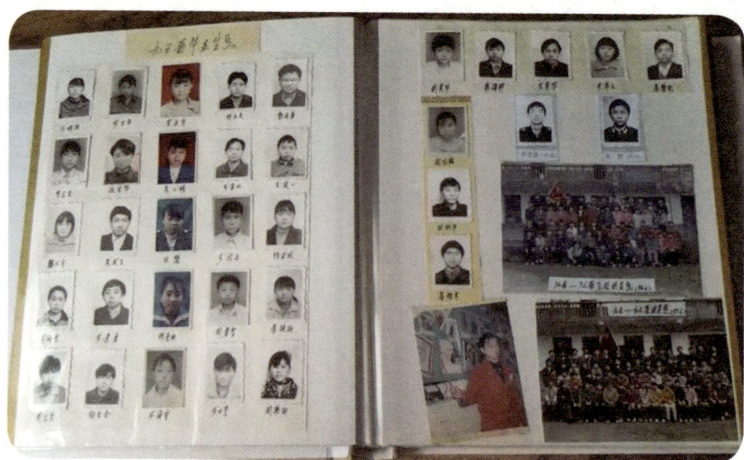

张老师收藏的照片

这张珍贵的照片是我在向王桥中学上初中时语文老师张全兵收藏的。当我看到照片和下面工工整整的备注时，不仅心潮澎湃。

我是1993年下半年由麻池中学转入向王桥中学上初三的，当时，张老师教的是初二的语文课。张老师毕业于武汉音乐学院，酷爱文艺。每每有文艺汇演，张老师创作的作品一定会获奖。中学时，我就观看了由他创作并导演的短剧《四个婆婆跨改革》，该剧让向王桥中学在麻池乡名噪一时。

1993年12月26日是伟大领袖毛主席诞辰100周年纪念日。张老师更是提前数月，跋山涉水到处收集毛主席的照片。月沉星移，他仍在灯下精心整理照片、书写解说词；之后又不辞劳苦，带领几位经他训练的学生解说员到全县所有学校进行巡回展出。时任长阳土家族自治县县长的刘光容几次亲临展会现场，群众反响强烈。

"望万山松柏、松柏静静肃立；看大地禾苗、禾苗低头不语；听溪河流水、流水含泪抽泣——毛主席啊！您和我们永别的消息犹如晴天霹雳，震撼了五洲四海、中华大地……"张老师所写的解说词慷慨激昂、饱含深情，至今我还能记得几句。

1994年下半年，我留级了，张老师成了我的语文老师。我偏科严重，只喜欢数、理、化，对语文、英语、政治提不起多大兴趣。张老师就反复开导我，给我讲了很多文学带来的乐趣。正因他的教诲，让我真正感受和体会到了文学的魅力，时不时会借文字抒发一下情感。

弹指一挥间，二十多年过去了，张老师尚完好保存着他教过的每位学生的照片，记得他们的姓名，这令我的心灵再次受到震撼，真是一日为师终身为父呀！

这些看似平凡的教师，甘为人梯，呕心沥血，将小小幼苗培育成参天大树，正因有他们的无私奉献才有了我们今天的幸福生活！

无论天涯海角，我都会默默祝福他们：愿老师们一生幸福安康！

致命的弱点

春夜，月亮下去了，太阳还没有出，只剩一片乌蓝的天，万物都安睡着。

此时，我回味着初三语文老师张全兵在班级群里题为"致命的弱点"的留言。留言说的是当时我们班有位长期上课同他作对的男生把他激怒了，于是骂道："像你这样既无感情，又无良心的东西，应该在世上绝迹！"甚至在我们拍毕业照时张老师也拒绝出席，对前往邀请的班干部提出，除非那位同学不参加他才会去。最终，我们的毕业照里独缺了张老师。五年后，这位同学惨遭不幸早亡。张老师将当年自己的决绝归结为个人"过于记较情感得失"。

追忆至此，我不禁思绪万千，剪不断理还乱。有些关系好的同学因为一件小事再也没有联系，有些员工也因为我个人一时不顺心而被骂走，此外，有啥事都爱和老婆争个青红皂白……往事一幕幕浮现出来，忍不住慨叹：生活中难免磕磕碰碰，为什么不能彼此多包容一些呢？

其实，"过于记较情感得失"是人类的共同弱点，有时怒火一触即发，难免波及无辜。正因这种非要置之死地而后快的心态，导致了一次次的伤害、一次次的遗憾。

如今，张老师在群里旧事重提，检讨当年自己的意气用事，让我的心久久不能平静。很多时候，我们意气用事、无理取闹，最终的结局要么是对方安静地走开，要么是就此决裂，不复再见。感谢老师的留言，引我反思。我相信，自己终能学会冷静。

好友正兵

三峡工程，举世瞩目。孙中山先生在《建国方略》中早已规划了三峡工程，毛主席也有"高峡出平湖"的诗句，对三峡工程的宏伟蓝图进行了生动的描绘。随着社会主义现代化建设的不断深入，三峡工程全面投入建设。三峡工程的告竣，无疑为家乡的旅游业锦上添花。好友正兵远道而来，自然是要先参观一番三峡大坝的。

我同正兵登上家乡的清江方山石林，整个景区处于神

三峡大坝公园全景展示图

秘的北纬30度线上，在武陵山脉的环拥下，形成了峰丛如林、瀑泉满山的奇绝胜景。

方山之中，溪流纵横，皆由山泉汇聚而成。栈道之上可见奇峰怪石，峰峦叠翠。云雾缭绕，移步换景，犹如仙境。山水相依，仙风道骨，风光如诗胜画。奇峰、怪石、云海、瀑布、峡谷、绝壁、古树、藤蔓，应有尽有，美轮美奂！会当凌绝顶之际，颇有一种傲视群雄之快感。

与正兵相识已是十年之前了。2004年，我初到浙江，他在上海。我们仅

清江方山景区入口

方山景区奇峰怪石

方山景区瀑布

通了一次电话，竟都有"他乡遇故知"之感，之后便时常电话倾谈。也许，这就是缘分。

2007年上海涂料展期间，我当时的领导郑明亮先生同我一起邀约一位沪上的朋友喝酒，从晚饭到KTV，酒是越喝越多。为了关照领导和客人，我索性致电正兵来帮忙，当时已是深夜十点多，正兵却义不容辞地赶来。当我们醉醺醺地从KTV出来，走向不远处预定好的酒店时，已是凌晨了。我和正兵走在最后，内急的我躲到一棵大树后放水，出来时发现正兵居然将我丢在了黑暗的夜里——此事也成了我们后来相互逗趣的笑柄。

后来的几年，正兵辞了职，开始创业。我们经常交流心得，在他的影响下，我也渐渐走上了创业之路。此后，大家各忙各的，却并未减少联络，我依然会不厌其烦地向正兵讨主意、问看法。我永远记得他说请客户也好，会友也罢，喝喝酒、唱唱歌也就够，万事都要有个度！

此时，我静坐窗边，看着月光洒满整个夜晚。扶植我的前辈、朋友中，正兵对我的帮助是最大的，这轮明月必定也照到他的窗前了，也照进了我所有朋友们的梦中……

在巴陵石化实习

又是一年春天，又迎来一场春雨。细雨织成一张密网，打捞起我湿漉漉的回忆。

2002年春，我们被学院安排到湖南岳阳巴陵石化进行为期一个月的毕业实习，住的是工厂以前的招待所，工厂不管吃，所以我们要到厂区内的几个小餐馆就餐。

我们八个男生挑了一家看上去不大但挺干净的饭馆凑成一桌。店里只有一位中年妇女和一个身穿淡红色外套、梳着齐耳短发的年轻女子。

也许是人多抢食，也许是厂区内的小饭店从来没来过这么多吃客，短短几分钟，电饭锅里的米饭被我们吃得精光。当我们意犹未尽时，只见红衣女子捧了一大碗米饭急匆匆地走进来，操着动听的女中音张罗道："不好意思，不知道今天会来这么多人，饭不够了，我刚从旁边借了一些过来，请一定要吃饱！"我们八双眼睛一齐看向那女子。她的笑容竟让我心中飘起一抹诗意。我们八人当下决定，实习这个月的吃饭问题就在这里解决了，便让红衣女子多备些饭菜。"多谢赏光啊！"她依然是淡淡一笑。

后来，我们渐渐熟络了。她带我们参观了整个巴陵石化厂区，讲述了每个分厂的前世今生，还带着我们到厂后面的山上挖竹笋。我们宿舍的晓军生病了，她领着我们找到医生，还端来了亲手烹制的鸡汤，晓军的床头也多了几个红艳艳的苹果。

时间过得很快，实习结束了。带队老师联系好了大巴，叫我们起床收拾好东西，上午十点准时开车。这天的饭店收拾得更加干净，面条、肉包、荷包蛋等丰盛的早餐已准备妥当。她依旧微笑着说："你们今天就要回了，早餐多吃点，全部免费，是我请你们的！路途遥远，还不一定有中午饭吃呢！"

此时，大巴车已停在招待所门口。天上忽然下起了霏霏春雨，我们正准备上车，只见她从店里出来，还是面带微笑，和店里的中年妇女一起推着一辆轮椅，轮椅上坐着一个英俊的小伙子。只听女子说道："这饭店开了有几年了，你们在这里的这一个月是我最快乐、最开心的时光。今天，我们一家人来送送你们。之前没有告诉你们，我父亲以前也是石化厂的工人，1998年工厂抽人参加长江抗洪抢险，他第一个报名，可荆江大堤还是决口了，父亲被滚滚江水带走了。父亲走后，我和母亲开了这家小饭店。这是我的未婚夫，我们恋爱三年多了，他是消防兵，春节时在一次抢险中失去了一条腿，我们准备五一举行婚礼……"

车开了，透过车窗玻璃，她那依稀的身影霎时高大了，而且愈来愈高大，须仰视才可见。她看起来是那么美，美得永恒。在这美的面前，自私、颓丧、贪婪都将无地自容。

　　十多年过去了，这春雨一如当年，密密地织着，织进了山，织进了水，织进了街上的匆匆人流，织成了一幅绝美的春之画卷！

我的思念

离开清江已久，谁知它却一次一次翩然入梦，将我的梦境点染成透明的淡蓝色。泛舟清江，尽览两岸青山，沐浴着柔柔轻风，心旷神怡，如临仙境。

记得上初中时，随着清江隔河岩水电站的竣工，库区蓄水，清江客船顿时火爆起来，时不时会听到同学炫耀坐船时的快感。听得多了难免心痒，我便找了个理由周日早早从家里出发，到达学校时才正午，距离清点人数上晚自

习还有五个多小时。我约
好几个伙伴一起奔向离麻
池中学最近的码头——西湾
码头。

　　大家本想在江边过过眼
瘾就回去的，谁知一艘船靠
岸落客时，有两个同学迫不
及待地跳了上去，我也跟了
上去。船离开了码头，售票
员也开始售票了，坐到最近
的一站，每人要五角钱。五
角钱啊，对于20世纪90年

长阳清江都镇湾码头

051　　　　　　　　　　我的思念 ❤

清晨的清江

代初来自贫困山区的学生而言，简直就是天文数字。当售票员走到面前时，我不禁满脸通红，将身上的口袋翻了个底儿掉，也才找到两角钱。"我们给他买票吧！妈妈，他是××老师的儿子，他爸在我们村教书时还带他到我们家玩过的，那时他还没上学，困了还放我床上睡的，你看那小嘴，嗯，没错，就是他……"正在我不知所措时，身后有人把钱递了过来。我的头低得更深了，已经没有勇气去辨别刚刚伸出援手的女生是谁，更没有勇气去道一声"谢谢"，只一味盼望船能快点靠岸，我好立刻逃回学校。

多年以后，我重回故里，总想去清江坐一坐船，始终惦念着那对善良的母女，以及始终没有还上的那可怜分分的五角钱。

幺姑妈

2016年7月2日，好兄弟付建乔迁之喜，委托我安排整个晚宴。来客还有王正兵、闫自亮、江兴国、邹春明和新结识的何磊先生。几两白酒下肚，又激起了我的写作欲望。思绪犹如一条红线自由地飞翔，穿过几十年的岁月，将我的过往装订成一本不厚不薄的卷册。翻开书，我又读到诸多人和事，字里行间满是幺姑妈的身影。

已忘了最近一次与幺姑妈通电话是何时，只记得当时我正在给妻子的洗衣店找冰醋酸，幺姑妈来电要我千万注意身体、注意安全、注意涉及化工的防护措施。小时候常听父亲说幺姑妈生于新中国成立前，受当时条件所限，小学未毕业，后来追随华师大毕业的幺姑爹一起到了武汉。奶奶生病，我才第一次见到了幺姑妈那慈祥的面孔。奶奶葬礼期间，是幺姑妈抱着六岁的我安然入睡的。

1990年前后，父亲生病，我家陷入赤贫。父亲给幺姑妈写了一封信，我们很快就收到几大包从武汉寄来的生活必需品，渡过了难关。1998年，我到武汉上学，幺姑妈每周六必会买好我爱吃的菜，等我放学回去，并反复叮嘱我，她家就是我家，赶上双休就来。幺姑妈有四个子女，可对我视如己出，差什么就买什么，比亲生的还要亲。

工作后，我却总是找借口，或太忙、或太累，已经好久没去看望幺姑妈了，也有好几个月没给她电话了。此时，在这夜深人静之际，我真的好想她——我慈祥的幺姑妈！我想带上妻儿回武汉，再吃一次她烧的香干烧肉，再听她叮嘱一番那些做人的原则。

母　亲

残阳如血，斑鸠在草丛里咕咕地叫着。

我立在工厂门口，大门正好朝着西边——我家乡的方向。此刻，母亲正躺在家乡中心医院的手术室里，妻子、二姐亦焦急地在手术室门口徘徊。从下午两点钟进手术室到三点开始快速切片进行病理分析，时间似乎停滞了，所有人都揪着心等待着。下午四点多，妻子率先看到检查报告中"浸润性癌"的字样，并第一时间发信息给我，眼泪再也控制不住了——这是我第一次为母亲落泪。山里人说，男人的哭声是最悲惨的。见我如此，一旁陪同的同事沉默着，眼角也挂上了泪珠。

从确诊为浸润性乳腺癌到最终病理分析为罕见的化生性癌，母亲似乎并未有什么情绪上的波动，还为病友宽心，说手术一点也不可怕。四十多厘米长的PICC管①埋在体内，她依旧能鼓励等待手术的病友："放心做吧，一点儿都不痛！"母亲坚强地挺过了长达数月的化疗期。

1949年生人的母亲个子不高，成长在新中国最艰难的年代，小学只上了四年，略识得几个字。母亲的贤惠在家乡是出了名的，只要邻里乡亲去家里，她都是满满一桌菜来招待。记得小时候有个上门修伞的，到我家门口时已经天黑，就同父亲说想借宿一晚，并说他会修伞、修钟表、补锅盆什么的。父亲便找出家里的旧伞、旧手表啥的让对方修，母亲则像对待亲人般做了一大桌可口的饭菜，第二

---

① PICC 管是指经皮外周静脉穿刺中心静脉的置管，属于一种深静脉置管。

天又叫周边邻里过来修东西，那人一修就是半天，中午饭自然又是在我家吃的。邻居都说到我家没有讨不到的饭。在那个物资相对贫瘠的年代，大米往往不够吃，母亲从来只吃玉米粉、土豆、南瓜之类的，米饭则留着待客，还管够！

面朝朝黄土背朝天的母亲没见识过大城市，更难得坐公交车。工作后，我趁春节把她和父亲带到武汉的姑妈家，姑妈和表姐带着他们在市区转了几天，母亲算是大开了一番眼界。

虽然眼界有限，母亲却在大是大非上从不含糊。到我谈婚论嫁之际，父母已经六十多了。当时要到另外一个县城的女方家提亲，体弱多病的父亲已不适合出远门，母亲索性一人前去。我儿子出生时，向来晕车的母亲不顾一路颠簸独自来到妻子生产的县城医院。这也许是她一个人出得最远的一次门。由于在村里从未用过煤气，电路开关也不复杂，母亲刚到我家生活时显得非常无助，常偷偷在楼顶掉眼泪。鉴于此，我在儿子出生第三天就把她送回了县城。路上，她反复叮嘱我孙儿要拜托岳母照顾了，以后务必要对岳母尽孝，也不要总往家里寄钱了，他们在老家的吃穿用度能够自理……

母亲向来宁肯自己受委屈，也不愿得罪他人。谁到我家她都好吃好喝招待着；父亲生活不能自理多年，她也是任劳任怨地精心伺候着；别人家的牛羊吃了她的庄稼，有人顺走她的花生，她总是笑笑说就当是天灾绝收了；她发现乳腺有肿块时也瞒着我们，生怕给子女惹麻烦；姐姐在家和姐夫吵嘴，母亲也是狠狠批评姐姐，亦时常教育我对待另一半要尽量忍让、给予理解……母亲的话语很朴实，却句句在理，这些碎碎念至今令我受益匪浅。

室友纯华

一场美好的梦境被两声车喇叭打断了。深夜两点多，窗外秋风阵阵，既然睡不着了，索性起身回味起刚刚的梦境来。

梦里，我回到了毕业十多年的化院，陪同我的是留校工作的室友纯华。天上飘着白云，高楼点着绿茵，我在纯华的引领下漫步于美丽的校园。

往日的苏纯华同学已升格为苏纯华老师。其实，我俩不同班，也不同专业；我学化工，他学环境工程。当时，每个宿舍只住七人，每个班按人头分配好宿舍后总会多出一两个，这些同学会被班主任编入综合寝室。所谓综合寝室打破了班级、年级的界限，我和纯华都是综合寝室的成员。

还记得当时一个高挑的帅哥把行李放在我下铺的床上，自我介绍："我叫苏纯华，湖北荆门人，九八级环境工程的！"后来，大家渐渐熟稔了，纯华的正直人品让他很快成为宿舍的领头人物。赶上有家长去学校看我们，纯华会提前把宿舍收拾得干干净净、打满暖水壶，等待家长到来。

第二学年，环境工程专业从化工系独立出去，成立了环境与土木工程系，纯华等人也从化工系的宿舍楼搬走了。由于彼此有着共同语言，我们依旧时常走动。工作两年后，我回到武汉，纯华已经毕业留校了，并向我介绍了他的女朋友——华师大毕业的黎老师。我们约上留在武汉的高风，留校的王火利，在校上研究生的涂绍勇、杨爱华一起在鲁巷吃了午饭。热心的纯华又让黎老师陪同我们去鲁巷广场给我挑衣服，说买衣服的话还是女人有眼光。十多年了，

室友纯华 ❖

当时挑中买下的那件春装依然合身，依然爱穿！

纯华到宜昌宜都市担任科技副市长期间，正值我回宜昌举办婚礼，他便提前自行预订了酒店，准时为我们夫妻送去了祝福。

2014年8月1日，我到武汉，纯华为我预定了学校附近的酒店，说还是学校附近好——一切都显得那么亲切！

此时，天际已微露蛋白，远方的苏老师，以及远方的朋友们，新的一天即将到来，这必定是美好的一天！

2016过年记

　　从1998年到武汉上大学起，我便离开了生我育我的故乡——长阳土家族自治县，工作后定居浙江，然而回乡过年的习惯始终坚守。妻子来自平原城镇，长时间在山里生活自然会有诸多不便，因此，我们通常腊月二十九才回，有时大年初一就离开了。即便如此，妻子依然要带着孩子强忍着盘山公路带来的不适，有时甚至沿途要吐好几次，坚持陪我回乡过年。

儿子贴"福"字

2016年是极为不平常的一年，意识已渐模糊的父亲身体状况每况愈下，照顾父母的大姐做了腰部大手术，母亲的乳腺癌无疑又是雪上加霜……在这样一个诸事不顺的年关，我同妻子商定带着儿子早点返乡，一来是想给父母尽早送上安慰，二来想带着儿子回去烧烧猪头，感受一下鄂西南山区过年的风俗，三是想早点儿贴上春联、福字，放放鞭炮冲冲喜，让多灾多难的2016年尽快翻篇。

由于父母、大姐的身体原因，原本要喂到过年才宰杀的年猪被提前卖了，进腊月后大姐买了些猪肉，做成腊肉、香肠，自然也少不了过年必备的腊猪头。腊月二十八到家时，过年享用的腊猪头母亲已经烧好洗净了。原来，邻居明坤老大哥杀了两头年猪，送了我们一个猪头。大年二十九上午，我带着儿子生好柴火，大姐在一旁指导，我们一起烧起了腊猪头。

烧腊猪头

记得小时候，我们天天盼着过年，因为过年会有新衣服穿，有糖果饼干享用，还可以吃上香喷喷的猪头肉！

和儿子烧完猪头，我们开始贴春联。小时候过年，父亲会把上一年发生的事和对下一年的期盼进行总结，编成上联和下联，再买大张的红纸折叠裁剪好，自己用毛笔写对联。他会要我站在对面，两手分别捏着红纸顶端的两角，他每写一个字，我便向后退一小步，直至他写完一联，放下笔捏住对联下端的两个角，同我一起水平着将对联抬放到墙角边，等墨汁干后再用母亲煮饭时留下的米汤贴对联。每每，父亲会解释所作对联的含义，都用了哪些典故。可惜我语文不佳，尤其古文，对于父亲所讲都没有去好好记忆和理解，甚至连他弓着身子写字时头上露出的白发越来越多、行动越来越迟缓都没有发现。而今，父亲已经几年不能走路、不能思考、不能写字，而我只能在村中小店买副对联教儿子贴了。买的对联自然不比当年父亲根据家中实际情况创作的对联来得恰如其分，更尴尬的是，当儿子问我哪个是上联、哪个是下联、哪个贴左边、哪个贴右边时，我才惊觉自己对对联简直是一窍不通。

2000年彭氏为祖坟重建碑宇时合影

　　年三十，母亲早早起床，准备了一格蒸肉。格子蒸肉是故乡杀年猪时必吃的。因杀年猪时我们回不去，母亲就会在我们到家后专门为我们做！

　　吃完蒸肉，妻儿一起陪我去为太公、太婆、爷爷、婆婆、大姑爹、大姑妈、大爹、二妈上坟。从我记事起，父亲在年关和清明节都必定为亡去的长辈送去纸钱。2000

年，父亲同几位族人带领彭氏家族为安史之乱后逃难在外，后定居长阳土家族自治县某山坡的凤公夫妇重新立了碑。立碑当天，我也在场。石碑落成时，大家纷纷要求父亲讲几句。他的话语围绕"百善孝为先"展开："人不管走到哪里，不管多富有，都不能忘记自己的祖先，不能忘记自己的根……"父亲失忆后，留守家园的大姐、大姐夫毅然接过他的接力棒，为先人修葺坟墓、石碑。每年过年，我也会带着儿子去上坟。

拜年，是过年的主要内容。年三十，我携妻儿抽空去看望了健在的二爹和大妈。父亲有兄弟姐妹五人，大爹、二妈、大姑父、大姑妈和幺姑爹已安息九泉之下，幺姑妈远在武汉。

小时候的冬夜是极为温馨和谐的。那时没有电视、手机，更无网络，亲戚邻里相互串门是常事，有时人们踏着白皑皑的积雪聚在一家的火垅旁，拉着家常，讲着段子，室外北风呼啸，室内暖意融融。如今，老派一点的人会坚持收看春节联欢晚会，刷手机则已成为大多数人大年夜的主流活动。我担心年幼的儿子不能熬夜，天一黑就把从镇上买回来的大烟花给放了。小时候，父亲说男孩子不应该怕鞭炮，每逢过年就会给我买点儿鞭炮。母亲总会叨唠鞭炮既不能吃又不能喝，还不如买把好点儿的割草刀……而今，我沿袭了父亲留下的旧习，过年总会买点儿鞭炮和烟花。以往放烟花时，父亲会让我们把轮椅推到窗边，他也要看看满天璀璨的烟花，而这次，父亲一脸茫然，对过年已经失去了概念。

小时候的正月初一，父母会早早给我们穿上新衣服，让我们在外面抱些柴进屋，进门时嘴里还要念念有词，诸如"柴门大打开，金银滚进来，一滚一满屋"之类的吉祥语。今年正月初一，我携妻儿去看望同学李玉文、李界平兄弟的父母，刚刚到他们家，就见堂屋两副棺材被漆得乌黑发亮，李父还在门口用余下的油漆漆桌子。妻子感到不解，偷偷问我摆放棺材的意思。我们家乡还保留着土葬传统，乡亲们在五十岁以后就要为自己准备一口满意的棺材，对材质、尺寸、工艺都是极为讲究的，棺材做好后再挑上好的山漆，将之漆得乌黑发亮放在家里才安心——这是人生最终的归宿，当然要让自己心满意足。

初二，我们去给丈人拜年。收拾衣物准备出门之际，我突然想到以往父亲总是叮嘱我要注意安全，到了地方打个电话报平安，而今年，老人家坐在轮椅上面无表情、一动不动。我忍住在眼眶打转的泪珠，勉强说道："爹，我会常回来看你的！"父亲依然没有答话。

我不知道父亲还能同我们再过几个年，只能一路默默开车，缓缓离开了老宅。

布　鞋

　　儿子踢足球时把球鞋鞋尖的白色磨掉了。早上，我把鞋子带到公司用白漆补喷了一下。晚上回到家，儿子还上课未归。看着那双球鞋，我不禁回想起小时候一直穿的是母亲亲手做的布鞋，对她做鞋的过程也有所了解。

　　过去的女子在出嫁前一定要学会做针线，尤其要会做鞋。很多姑娘送给男友的第一件礼物就是亲手做的一双布鞋。

家乡的布鞋做工是极为考究的。先是要找一个极好的晴天，将面粉放在锅里沸煮成糨糊，用糨糊将从棕树上剥下的棕树皮一层层地平整地粘在门板上，大致是粘三层左右的棕皮；再找些从裁缝铺讨来的边角布料，三层叠加起来用糨糊一层层平整地粘在门板上，务必确保刮得平整、不留气泡和皱褶；然后将其放在烈日下暴晒，晒干再慢慢剥下来，就成了棕壳和布壳。

　　手艺好的老师傅会让鞋子的主人赤脚打湿，踩在旧报纸上，根据脚印轮廓剪出鞋底的样板。当然，大多数姑娘没有这个条件，只能去老师傅那里收集从小到大不同的样板，再把纸样板放在棕壳上，按样板剪好，几层棕壳内外再填些裁缝铺的边角料，最外层用粗白布包好，先用几大针固定，再从鞋头到鞋跟一针针地纳鞋底。纳鞋底多是等到冬天，农闲了、下雪了，男人们聚在一起打牌喝酒，女人们则聚在一起找出夏天备好的棕壳、布壳和装有顶针、白色锁线、剪刀的工具竹篮，开始纳鞋底。大部分鞋头是密密麻麻的，但排列有序，纹理清晰，中间受力最轻的地方会纳出一块花纹，脚后跟处则会多加一层棕壳，纳得更为细密，一针一针毫不杂乱。纳好的鞋底要剪去边缘多余的布边和最初固定的线，随后就可以锁边了。锁边，顾名思义就是锁住边缘，但真正做起来则是一件极为细致的活计。鞋边正好露在外边，姑娘们自然不敢放低要求。处理好鞋底后，她们还会去找师傅，讨要鞋帮的模板，放在布壳上剪好；同样的模板再放在新买的灯芯绒布料上剪好，把灯芯绒与布壳、内衬（依旧是裁缝铺讨要的边角料）三层整齐重合地锁在一起，上面两侧会缝上富有弹性的松筋布，方便穿脱，又像两只耳朵极为好看。鞋底、鞋帮都做好了，这时，有些师傅就开始耍大牌了。因为一双鞋穿上好不好看，就看鞋帮上得正不正。有些姑娘就会带着核桃、板栗、花生等吃食去师傅家送礼，也有备好饭菜请师傅来家里吃的，无非就是希望巧手的师傅能把鞋帮上得端正。听母亲说，上鞋帮其实也不难，完全可以自己搞定。先在鞋尖处固定，两边注意拉平对齐，用两根针左右同时跟进，在鞋跟处收针，即便有点儿偏差也没有多少人在意。

　　小时候，母亲总会在最炎热的暑期关注天气预报，选一个绝好的晴天，约来住在高山上同她关系最好的四妈，

布　鞋

早早糊上几门板的棕布壳，放在烈日下晒上一天。她总说，最好一天内晒干，否则就不好了。

初中的一个暑假，四妈又来到我家同母亲早早开始糊门板，边糊边拉着家常，聊着猪的长势、庄稼的长势……渐渐地，四妈开始讲到她在县城工作的儿子在当地买了房子，接她去住了几天，县城的房子有多高、车子有多多。起初，母亲还能搭些话，可当四妈讲到城里的草种得如何如何好的时候，母亲的脸色则越来越难看。作为务农为生的乡村妇女，母亲最恨杂草，始终不能理解为啥城里人不种粮食而去种草，难道他们不吃粮食？这么想着，她竟将一块块布壳糊到了棕壳之上……因为父亲是老师，母亲从来不过问我的学习，可这天晚上，她把我叫到身边，叮嘱我要好好上学，将来奔个好前程，也去县城买套房子接她去住几天，她倒要去看看城里的人为啥要种草！说这些的时候，母亲的眼里竟闪着泪珠。

多年以后，妻子同我商量在宜昌买了套房子。房子装修好后，我们接父母去过了个年，特意留他们多待几天，出去转转，去看看儿童公园的草坪。母亲则婉拒道："家里的猪还要吃草呢，玉米地也还要翻整，以后有的是机会。我相信了，城里人确实是种草的！"

后来，母亲查出乳腺癌，在市中心医院接受治疗。我们每每提出要她去家里住一晚，她总说还是医院方便，护士很早就要来打针的。今年正月初十，最后一次化疗结束后，我同妻商定要留母亲住上一晚再走。中午办好出院手续，母亲依然催我送她回山里。妻子站出来说："你儿子视力不好，现在出发夜里才能到，又是山路，你就安心住一晚明天天亮再走吧！"母亲这才点头答应，第二天一早便让我送她回乡下。

如今，手工布鞋早已淡出人们的视线，小孩子都穿上了高档皮鞋，我却依然怀念那古老轻盈的布鞋！

清明的哀思

又是一年清明，又是一年祭奠祖先、缅怀先人的节日。每逢此刻，我会加倍思念九泉之下的干妈。

据说我出生后体弱多病。五岁时，有人对父母说要认一个无儿无女的干妈才养得活。父母便想到了我们村的刘婶。刘婶丈夫进山砍柴时滑下悬崖，留下了她一人，于是，父母便请刘婶做我的干妈。当天，堂屋里烧着明亮的煤油灯（那时老家尚未通电）。父亲要我给干妈下跪，喊一声

"妈"。年幼的我尚未懂事，又认生，死活不跪也不叫，倒是刘婶连忙伸出蒲扇般的双手将我紧紧搂住，对父亲说："别逼儿，莫吓着他！"又喃喃道："儿就是我的骨血，求菩萨保佑我们母子平安！"说着，她把我搂得更紧了，我见她眼里闪着泪光。

干妈给了我一双她亲自做的布鞋，鞋底纳得紧密而均匀。从此，刘婶时常过来看我，每次来不是带上两个煮鸡蛋，就是包上一包油炸土豆片；逢年过节，还要给我买上点糕饼、糖果之类的副食。

其实，干妈家境并不宽余，她的收入来源无非也就是卖卖鸡蛋、花生之类的农副产品，还要给村里缴土地合同款、农业税特产税，打煤油、买盐巴、买针线等，遇上个感冒发烧什么的还要去药铺，那手头就更紧了。即使这样，她依然经常给我买零食。只是我，依然叫她刘婶，不愿改口叫妈。

干妈的屋后有一棵枇杷树。每年，她都会把熟得最透最甜的枇杷采下来留给我，自己很少吃，余下的托人带到县上卖个几分钱回来。记得小学三年级的某天，我看到有个同学带了枇杷到学校吃，放学便直奔干妈家，看她不在家，就径自来到枇杷树下。诱人的枇杷刚开始成熟，怎奈我人小够不着，就进屋找出砍刀，对着树干一刀刀地砍。枇杷树倾倒的瞬间，我也吓傻了，也顾不上吃枇杷了，落荒而逃……那天，干妈到我家时天已经黑了。只见她手里拎着鲜嫩欲滴的枇杷，进门就说不停地说："儿想吃枇杷了！都怨妈，以为还没熟。那树正好是个背架子形状，妈

背架子

早想砍了请木匠做个背架子，妈的背架子早就不好用了，正好今天你帮了妈的忙。来，我看看我儿手有没有被树刮伤？刀有没有砍到手？"我不禁羞愧地低下了头。

初中，我总犯肾结石，后听一个中医说喝石韦①有效，但医院缺货，说我们那儿深山的石头上有。干妈知道后马上问清石韦在当地的土名，让母亲在家照顾我，她便去了深山老林。当她背着一大袋石韦送到家时天色已暗。见到干妈手臂上一道道的伤痕、衣服上一道道被荆棘划开的口子，还有她蹒跚的步伐时，我不禁百感交集，可以想象她必定摔倒了无数次，遇到了不知多少险阻。也是从那时起，我才真正开口叫她一声"妈"。

后来，我外出求学，干妈托人给我写过几次信（当时农村没有电话），还专程去镇上的邮局给我寄过几次辣椒酱，她知道我离不开辣椒。最后一次收到干妈的信距离毕业还有几个月，她说做了好多我爱吃的榨广椒和豆豉，叫

---

① 石韦，属中型附生蕨类植物，附生于低海拔林下树干上或稍干的岩石上。

我毕业后一定回去多住上几天，等工作了就要以工作为重，回家的时间就少了。毕业实习结束后回到学校，我发现信箱里有一封父亲的来信，说干妈因一场小病就溘然长逝，当时我在外地实习，联系不上，自然也就没法去见她的最后一面。干妈，您怎么就等不到我放假回家呢？您的身板向来结实，为啥就一病不起了呢？我到底是没有尽到应尽的孝道啊！

　　此刻，清明，愿九泉之下那些亲人们都好好安息吧！

表　姐

　　1998年的7月7日对我来说，是黑色的。当时的高考是每年7月7日开始，7月9日结束。后经国务院批准，教育部决定从2003年起将高考时间提前一个月，固定在每年6月7、8、9三日举行。

　　高考后的暑假，父亲日日期待着喜事降临，盼望我能接到大学录取通知书。后来，我不负众望进了武汉化工学院，开始了为期四年的武汉生活，也接触到幺姑爹的三个女儿——我的三个表姐。

表姐们对我的生活照顾得可谓是无微不至，吃穿用度都十分上心。

大一的暑假，大表姐推荐我去表姐夫工厂做暑期工，不过是变相给我几千元的生活费，让我在学校过得宽裕一些。有一年暑假，表姐夫的工厂并不缺人手，表姐干脆就让我去帮她照顾儿子，外甥当时已经上小学三四年级了，聪明能干得很，上午还要上奥数培优班，根本就不用我照顾。表姐为了补贴我可谓是用心良苦呀！

大学毕业后，我选择南下。三个表姐早已商量好为我备好行李箱和路上所需的一切，一起到姑妈家为我饯行。在我准备出门之际，她们已经泣不成声……

前几天，我在家喝听装的啤酒，习惯性地把空的易拉罐捏坏，妻子不解地问我为什么这样做。我笑着解释道，"大表姐在啤酒罐厂做高管，是××啤酒听装包装的唯一供应商；二表姐正好又在××啤酒公司上班，以前同她们一起吃饭，她们会讲很多不法分子把完好的旧罐回收走，只更换拉环，灌上假酒便销往市场，所以她们每次喝完啤酒就会把罐子破坏，我也潜移默化地养成了这种习惯！"

一晃参加工作整整十五年了。从广东到浙江，从身为打工仔到如今事业显山露水，所有这一切离不开姑爹、姑妈一家的关心与支持。我一心想带着妻儿去武汉再同他们玩上几天，再去陪陪我那慈祥可亲的姑妈，可人在职场，身不由己，每次都是匆匆来去，赶不及回味……

感谢姑爹、姑妈、表姐、姐夫，我唯有把这些感激化为拼搏事业的动力，努力工作、好好生活，做出更大的成绩回报你们！

外婆家

偶然间见到同学发的一张照片，是我外婆的家乡。

这片热土曾一遍遍地翩然入梦，带我重回儿时的乐园。这里终于被划入国家攻坚扶贫区域了。

记得初二时，我跟表哥去外婆家住了两天。此后，我求学、工作、上班、结婚、生子，一晃就是二十多年，再未去过外婆家看望过外婆了。

外婆家的村口

旧时鄂西土墙房屋

鄂西农村标语

2015年7月31日，我同姐夫一起前往深山中的外婆家。说是走的公路，可那根本就不像路。沿途风景不错，只是要一直紧紧握住方向盘，根本无暇顾及这人在画中游的美景。不经意间，我被两幅标语吸引，毅然停车拍照。这种土垒的房子已经很少见了，却非常结实！只是造这种房子的土匠师傅已经找不到了。

还是挺佩服自己的勇气的，中午之前就平安地将车开到几乎没有行车道的外婆家，见到了阔别二十多年的外婆。九十高龄的老人家依旧身体硬朗，寒暄几句后，我发觉自己的眼中已是含满了泪。

这里的一切似乎都没有改变，还是以前的老房子，就连房顶还是之前的杉树皮。儿时的池塘如故，里面还有鱼儿吗？还有邦邦鱼（学名"石蛙"）吗？森林茂密依旧，会不会在那里找到采蘑菇、抓蛐蛐、玩八路抓鬼子的小伙伴？这里没有液化气，全部用土灶柴火烧水做饭。人们趁着山上树叶已落，不停地砍柴备柴，放在柴棚里自然干燥，一个冬天备的柴火至少要够一年用的。二十余年弹指一挥

外婆和她的居所

外婆家的池塘、柴棚和舅父种的山烟

间，柴棚里的柴烧了又加、加了又烧，生生不息，一如外婆强悍的生命力！

在这里，人们吃着自家种的蔬菜，自己养猪、养羊，丰衣足食。

山烟，已经没有年轻人会吸了。这种烟叶的种植、制烟的工艺，都是极为考究的。吸烟确实有害健康，不过山里吸土烟的伯伯们却个个身体硬朗，强劲的烟味让他们神清气爽、精神矍铄。

大山深处到处是宝，野生的天麻、牡丹、土黄连、党参、茯苓、灵芝等名贵药材都可以找到。

开饭了，桌上的蒸肉让我口水直流。这里的猪全部是吃山上的青草、玉米养大的，肉质特别香，拌上辣椒酱、玉米面粉，蒸锅里蒸上一蒸，那是绝佳的粉蒸肉！小时候只有遇到哪家婆媳妇办酒席才能吃到。再看看农家香肠、腊猪蹄火锅、土鸡蛋……真的不知道筷子该往哪个碗里下了。

别说城里的孩子，就连在农村也快见不到的物件，这里都能找到，一件件睹物思情。

外婆家招待我的美食和一些如今很少见的旧时工具

陪伴外婆的"宠物"

我们的童年没有电视，没有网络，更没有上不完的补习班，这些物件让我们快乐充实！这些不陌生的宠物，可爱、亲切——只有你们，依然衷心地陪伴着主人。

　　晚霞在天边燃烧，烧出了陶渊明田园诗的意境。客走主人安！趁着天尚未黑，我匆匆下山了。再见啦，我可爱的、慈祥的外婆！再见啦，外婆家！再见啦，这片魂牵梦绕的热土！

外婆家

武汉小聚

    这天，到达武汉时已是晚上6:40左右了，秋风夹杂着秋雨，人一下车就感到一阵强烈的寒意。

    走进姑妈家，一切又是那么温暖，早已煲好的排骨莲藕汤散发着诱人的香味。席间，古稀之年的姑妈不停地向我打听老家的人和事，当得知有族人也在武汉时更是兴奋不已，反复追问。我们一直聊到很晚。

    第二天早上起床，我发现姑妈已在厨房里忙碌起来了，

慈祥的幺姑妈和她亲手为我做的美味早餐

短短几分钟就为我端上营养丰富的早餐。

早餐后，我约了表哥、表姐前往玉笋山陵园为已故的姑爹送去了月饼、苹果，又烧了一些纸钱。我跪在姑爹墓前，默默地向他汇报了我们的近况，也祝愿他老人家在九泉之下含笑安息。

从墓园出来，大姐带我们参观了她的"豪宅"：装修别致的连体别墅，外带后花园、烧烤台……并一再和我强调，下次务必带妻儿来好好住上几天。午饭时，表哥、表姐、外甥齐聚一桌，满桌的武汉招牌菜、招牌酒，大家再次批评我没把妻儿带来。一首《明天更美好》的合唱把这次聚会推向了高潮，也让我更加思念千里之外的妻子和儿子。

祝福所有的朋友明天更美好！

这夜，落雨无明月，但喝着中秋茶、品着精致月饼，同姑妈、表哥、表姐回味往事、谈论近况，仍是其乐融融。明天，我就要离开武汉了，再见啦，亲人！无论天涯海角，我们都会牵挂着对方！

武汉小聚合影

兄弟，节哀

　　我看见他戴着黑布小帽，穿着黑布大马褂，深青布棉袍，蹒跚地走到铁道边，慢慢探身下去，尚不大难。可是他穿过铁道，要爬上那边月台，就不容易了。他用两手攀着上面，两脚再向上缩；他肥胖的身子向左微倾，显出努力的样子。这时我看见他的背影，我的泪很快地流下来了。

朱自清《背影》里的文字时常在我的脑海中浮现。

好兄弟的父亲，也是我父亲的同事、好友——龚明清老师的葬礼将在今晚举行。故乡的丧鼓此时正在龚老师的灵堂响起。

二十多年之前，我随父亲来到水竹园小学。初到陌生的地方，父亲让我同一个高个的男孩子玩，后来才知他叫谢建军，其父也在这所学校工作。很快，我和他熟稔起来。他带着我做煤油筒，钻溶洞，也给我介绍了不少有关学校的历史。初中，我去了麻池中学，建军在向王桥中学。初二时，他来麻池中学进行会考，还不忘偷偷塞给我两个咸鸭蛋。后来，他上了大学，有次路过我所在的二中，还带我去校外的餐馆打了个牙祭。毕业后，建军成了一名中学老师。再后来，我离开了家乡，在那个通信并不发达的年代，隐约听到建军又做了年级组长，考了公务员，进了政府职能部门。

那年，母亲因病转到市里的医院，听说建军的父亲龚老师也在同一家医院，我们就一起喝了一次小酒。

此时此刻，好兄弟的父亲正安静地躺在灵堂，祭奠之

兄弟，节哀 ◐

人依风俗吹着唢呐、敲着丧鼓，为亡者超度。龚老师走了，永远地离开了我们。天堂里没有病魔，龚老师，请一定安息吧！

　　建军兄，节哀顺变！

师父慧波

晚饭后的几杯绿茶让我辗转反侧，又想起了很多人、很多事。其中，自然少不了一直扶植我的前辈——师父王慧波。

刚走出校门那会儿，我缺乏工作经验、处世之道，每每遇到挫折，总会有一双长者的手臂来抚慰我，就连相亲这种很隐私的事情，他也会特意剃了胡须陪我同去，怕我上当受骗。他，就是师父王慧波！

跟着他学习短短一年多的时间，不仅让我熟练掌握了塑料、五金、防腐等工业漆体系的配方设计要领、常见问题的解决方案，更让我熟知了国内外各品牌原材料的优劣。当他得知附近有工厂寻求技术人才时，鼓励我不妨去一试，锻炼独当一面的能力，并说我们离得不远，遇到问题随时找他就好。当他获悉浙江某工厂能开出高出我当时两倍的工资时，又再次鼓励我从广东跳到浙江。当我最后决定离开广东去浙江时，收到他发来的短信："舍不得你离开，但鸟儿长大了总是要飞的，到了那边遇事不要怕，要冷静……"后来阴差阳错，我接手了朋友的工厂，百废待兴之际，他又不远千里过来辅助我的事业走上正轨。

　　窗外雪花飘飘，室内暖意融融。此时，师父慧波应已进入美妙的梦境了吧？愿所有世间美好都能飘入他的梦中！

鼎　哥

　　已是子夜时分，外面的风雨交织到一起。风不大，雨很小，成全了一个美好的雨夜！听着雨声，我的思绪又开始自由地飞翔，有关鼎哥的点点滴滴清晰地浮现了出来。

　　鼎哥，是大姑妈的女婿。从我记事起，奶奶和父亲就经常生病，身为医生的鼎哥会时不时去看望他们，并指导用药。我七岁时，父亲的舌头总是起泡溃乱，不能说话，不能吃饭，村卫生室、乡卫生院、县医院，不停地跑，一直不见好转。后来，有医生说可能是舌癌，要去省城检查一下。20世纪80年代初期，老百姓去一趟几百公里外的省城谈何容易？是鼎哥查遍医书，推翻了癌症的结论，并提供了一剂连翘的单方，父亲的病情一下子就得以逆转，真可谓是妙手回春。后来父亲病愈，决定将老屋拆了重建新房，请村里的亲戚朋友伐了建房的木料，有邻居提议应该修砖墙混凝土的楼房。当时还是计划经济，钢筋、水泥、石灰、黄沙等物料都要托关系才能从县城甚至邻县买到，还有运输，当时运输工具都是归属单位的，是要请示的。也是鼎哥帮着我们忙前忙后，穿着草鞋，有时冒着酷暑，有时已是深夜了，随车一点点儿地帮我们运回建房的物料。

鼎哥不仅对亲戚掏心掏肺，在村里的人缘也是没得说。后来，鼎哥从医院调到县卫校担任校长，一次次地为本地争取到更多的入学指标，为家乡人民不停地做好事、做实事，得到了交口称赞。

外面的细雨还在绵密地下着。突然，家乡的"长阳在线网"弹出了一条消息："都镇湾在外奋斗的游子们，5.3万父老乡亲喊你回家啦！"家乡的青山绿水也必定被这场细雨织成了绝美的秋之画卷。

大山的眷恋

　　我在天目山深处的民宿里静静地坐着。高中毕业后，我自深山走出来，可大山深处的山光水色、风土人情、人与人之间真诚和谐的关系时时撞击着我的心灵——我深爱大山！

　　受"文兰"陈总的多番邀请，我驱车前往两百公里之外的临安，再次来到热情好客的好兄弟家中。随后，我住进了天目山的民宿，享受着这片莹莹的月光。

大山，给予我的太多太多。刚踏入文兰公司，热情好客的陈总便带来了当地大山深处的山核桃；到了童伟平妹妹家中，一桌香喷喷的山珍更是让我胃口大开：红皮小薯、自养山鸡、土猪红烧肉、天目山竹笋……让我根本停不下筷子。当地的荞麦烧酒甘醇、清香、口感柔和，加之童氏兄妹等人的轮番斟酒，让我足足饮了半斤。看来，今天带上"驾驶员"付总是个明智的选择，只是委屈了我们的付总，只能闻香止瘾啦！

大山的夜，静谧异常，晚八时已是静悄悄的了。付总将车停到民宿后，想找点夜宵下点小酒，寻了几里地，商店也不见一家，只好返回客栈询问店家。热情的店家立马上了油炸花生米、糖醋泡萝卜和几两烧酒。付总终于如愿喝上了这一口，只是他那酒后如雷的鼾声让我难以入眠。

窗外凉风习习，月光下的大山朦朦胧胧的。我仿佛回到童年生活的那条小溪边，回到映山红盛开的五月山乡，回到风细蝉鸣的夏夜，回到太阳暖融融照着的冬日……我想起阳光普照下炊烟烘托出的那一团团诗意；想起母亲从地里回来时的那一声吆喝，把一切劳累都消解了；想起父亲从学校回来还在念叨着某某学生遇到的困难……

我是大山的儿子，对大山、对故乡有着与生俱来的眷恋，所以能理解父辈为什么一直坚守着大山，亦能懂得他们的子女在城里有房有车也要坚持在山里盖楼建屋的执念。时间不断推移，回乡的念头总在疯长，这念头一次又一次被繁多琐事的石磙碾倒。我迷恋着生我养我的故乡，迷恋着故乡大山宽阔而深邃的胸怀，迷恋着故乡百姓崇高而真诚的情操，迷恋着乡间溪流悦耳动听的旋律，迷恋着山中快活的鸟鸣……

我流泪了！故乡的山山水水、风土人情永驻我心，始终不渝。

窗外有微风吹过，我的心已乘风归去……

晋　安

提起晋安，值得回忆的太多太多

那天下午，我在萧山机场接到晋安，将车靠边，把方向盘交给他。突来的降温让我感冒发起了低烧，只能缩到副驾去打呼噜了。

听说晋安要来，上海的兄弟正兵、理科已赶在我们前面赶到目的地。晚上，我们几个挚友凑成一桌，依旧是53度的贵州茅台镇老烧，因为身体不适，我并没有喝太多。

酒后几盏绿茶下肚，我们沿街漫步，凉风习习，难免感到几分寒意。大家的思绪又回到十多年前。当时，我初来浙江，晋安是我认识的为数不多的同行之一，虽然不在一家公司，却总有说不完的话题。之后，我将网友郭应诚介绍到他们公司，我们的交流更多，走得更近，也了解更深了。

再后来，晋安和郭应诚一起回湖北办厂，出差来浙大家必定要聚。我回老家时也会到晋安处借宿，每每把酒言欢，更心潮起伏，难以用言语表达。

夜已深，回到家中的我仍是思绪万千，见过太多悲欢离合，唯有兄弟情谊永难割舍！

左老师

山里的早晨，天晴时总会有雾。雾把高山、怪石、房屋、小溪统统罩住。

那一年的某个清晨，左老师住在我家。我们沿着门口的小路朝山顶的方向一路前行，见到一处白云生处有人家的景致，左老师坚持要用数码相机给我留影纪念。

左老师是从省城来山里支教的，喜欢这里的空气、这里的风土人情，喜欢山里的娃和山里的人。她给我们讲理想，讲山外的世界。她从省城带来一支红梅苗培育在校园操场一角，说红梅不惧三九严寒，要我们学习红梅的精神。

左老师教我们语文和历史。她的语文课非常注重写作，不像有些老师只会空谈什么主题要鲜明、层次要清楚，她总会找一些我们写得好与不好的作文，具有针对性地进行点评与指导。左老师平时和蔼可亲，总能和我们打成一片，但该严格的时候绝不含糊，比如学生作业不能欠账，更不能有违纪律规范。记得有一次左老师监管我们上晚自习，我和同桌李德玉私下进行蹲马步比赛，后排的陈兴荣偷偷把我们的凳子移走了，我俩双腿渐渐僵硬，只好微弓着背半趴在课桌上，结果被正在讲台上备课的左老师看到了。她一改往日的温柔，语气严厉得令人颤抖："你们两个就今天这个事，写两千字的记叙文！""啊？""啊什么啊！五千！"左老师的语气不容置疑，我俩只好颓丧地低下头。"星期一升旗仪式后要在全校朗读！"最后的这句杀伤力极大，让人不敢与她对视。

一年的支教时光瞬息而过，左老师回省城了。那棵红梅树在冬天昂首怒放，大有唤醒百花之势，只是我们再也

左老师 ◆

没有见过左老师。

后来，我参加工作了，同学建立了QQ群，热心的同学终于联系到左老师，她依然对我们非常关心，还鼓励我大胆创业。

谢谢左老师，有缘再见！

在二中的岁月

班主任

1995年9月1日，我迈进了高中校园——长阳二中。父亲穿着草鞋把我送进校园，新生接待处的工作人员告诉我所在的班级、宿舍和教室。我准备先到宿舍安置行李，谁知刚到门口就有个小男生接过行李，热情地介绍哪些床铺可以选择、教室在哪等等，惹得父亲不停感慨："高中生的素质就是不一样！"

晚饭后，同学们进教室坐好。随着自习铃声响起，宿舍里那个热情的小男生也走进教室，只见他径直走上讲台，轻咳一声道："请大家安静！我是咱们高一（2）班的班主任，我叫王治国，教大家生物课。下面，请大家依次上台做自我介绍！"

后来，我们对班主任王老师逐渐有了些了解。王老师未婚，同我来自同一个地方——麻池乡。除我之外，班里还有文子、李波也来自麻池乡。刚好我们仨又分到同一个宿舍。当时学校规定学生洗澡一律要去澡堂。有时，王老师去宿舍发现地上湿漉漉的，便厉声道："谁在寝室洗澡了？""李波！"寝室长无奈答道。李波只好跟着王老师去了办公室。半晌，李波回来告诉我们，王老师说咱们都是麻池人，批评你我也不好意思，但你们也自觉一点……

我第一次被王老师叫进办公室是因为说脏话。从农村来的孩子有时难免爆粗口，被老师逮到，我的内心很是忐忑。走进办公室，王老师客气地叫我先坐下，反令我一惊。上学以来，我进老师办公室从来都是唯唯诺诺，连头都不敢抬一下。王老师的平易近人反倒让我抱赧万分，身教胜于言教，我自然再也不敢犯错了。

王老师的生物课也讲得形象生动，以至于我至今记得什么是显性遗传、什么是隐性遗传……

素质教育

初入高中，为了响应国家提出的加强素质教育的精神，校长舒勇老师要求师生每周择定一个下午开展素质教育活动。当时，学校开设了家电维修（物理教研组老师负责）、食用菌栽培（化生教研组老师负责）、摄影技术等多门讲座，学生可以打破班级、年级界限，根据自己的兴趣爱好报名选修。破电饭煲、坏电视机等旧电器纷纷进了家电维修组，加入食用菌栽培组的同学要上山伐木、打眼、装菌种……这样丰富多彩的活动既缓解了因备战高考产生的压力，又可以习得一技之长，一举两得。

我和徐登峰在食用菌栽培组，先上山伐回碗口粗细的树木（需阔叶木），锯成一米长短的树段，没有电钻，就用手工钻在树身间隔着钻出不少于两厘米深度的孔，装上菌种，用菜籽油熬了石蜡封口。

渐渐地，老师们的坏电饭锅修好了，电视机也不再罢工了，小树林里的香菇种植场里长出了诱人的香菇。来自山里的学生全是寄宿读，带啥吃啥，我们就这样自给自足，丰衣足食。大家尝试着把香菇装进饭盒，放到甑子里蒸熟，拌上从家里带来的辣椒酱，成了当时的美味。同学们还会别出心裁尝试着变换各种花样，蒸香菇时放水、不放水或先拌好辣椒酱再蒸，比较哪种方式更美味，也算是苦中作乐吧！

再后来，徐登峰烹饪的香菇在市厨师大赛中获得了金奖，同学周海涛在深圳创办了高科技的电子厂……同学们各有各的特长，各有各的成绩。

语文老师

"今天，我想谈谈大地，谈谈泥土……"刘中国老师的声音犹在耳畔。高中三年的语文课，我印象最深的就是刘老师讲解的这篇秦牧的《土地》了。

他说，作者从历史和日常生活中的见闻谈起，以土地为对象，时而展现新时代的风貌，时而追述惨痛的历史，时而歌颂新社会的建设者和保卫者，时而描绘古代的封疆大典，时而又将笔触延伸至殖民者的暴行，从古说到今、从草木禽兽谈到人情世态和现代科技，一篇散文的体量竟囊括了如此浩瀚的信息，让人叹为观止。

"在我国的湛江地方，有一座桥梁被命名为'寸金桥'，就寓有'一寸土地一寸金'的意思，这是用来纪念当年抵抗帝国主义侵略的民族英雄们的。"读至此，刘老师语重心长地教导我们要爱国、爱家，并提高音量，铿锵有力地道："让我们捧起一把泥土来仔细端详吧！这是我们的土地呵！怎样保卫每一寸土地呢？怎样使每一寸土地都发挥它的巨大潜力，一天天更加美好起来呢？党正在率领着我们前进。青春的大地也好像发出巨大的声音，要求每一个中国人都做出回答。"

刘老师告诉我们，写散文时的表达要尽量自然，语言要流畅，文笔要灵活，联想要奇妙，思路要开阔，感情要由衷……今天，我能对文字仍保有足够的热忱，刘老师功不可没。

立体几何

"用三个平面将一个立方体分成八个立方体！"这是第一节立体几何课后胡新生老师布置的作业。

第二天交作业，全班几乎没人做对。也许是思维定式，大家只想着三个平面在同一个朝向上。胡老师讲解了片刻，见同学仍似懂非懂，突然换了个思路，让同学们想象自己在家切豆腐：豆腐是立方体，菜刀便是平面，先把豆腐放在案板上，垂直交叉切两刀（两个平面），豆腐变成四块；再横着从豆腐中间切一刀（一个平面），豆腐成了八块（八个立方体）——全班瞬间醍醐灌顶。胡老师风趣的语言、通俗的讲解，让我们爱上了数学，爱上了几何。

回　家

当时的长阳二中位于都镇湾镇庄溪街，同学们全部寄宿，两周放一次假。周五早上，全校集合，清点人数，值周校领导训话后，大家方能离校。

一次，各班体育委员清点并报告人数后，值周老师开始问话："高一（2）班少了哪两个人？"下面很安静，大家像商量好似的保持沉默。"以寝室为单位清点人数！"值周老师下令，谜底很快揭晓，少了张新华、孙靖华两人。没人说得清他俩何时走掉的。返校后大家才得知他二人深夜用校外的干葵花梗子做了火把，结伴连夜回了家。当然，两人的自作聪明换来了写检讨、全校通报批评的后果。

　　有次时逢校长舒勇老师值周，文子问我和李波敢不敢不去，我俩立马逞能响应。很快，"三个麻池的不参加集合"的消息传遍全校，同班同学陈芳容还给我们起了个外号，叫"麻池三巨头"。"顶风作案"自然没有好果子吃，我们仨每人写了八百字以上的检讨，并做深刻反省。

　　也有不想回家的学生。有次放假胡守诚就不愿回家，因为高三年级在补课，所以食堂也不停伙。胡守诚便和班主任要了宿舍钥匙，准备留校不回家了。经耐心询问，王老师获悉胡守诚的父母竟安排他这星期回家相亲。王老师亲自将胡守诚送回家，反复劝导其父母，孩子还小，要以学业为重……

　　　　　　　　　　　　　　在二中的岁月 ◎

运动会

伴随着欢快的进行曲，运动会拉开了序幕。

为期三天的运动会，是当时最令我们开怀的幸福时光，不用担心作业还未写完，不用害怕老师点名回答问题。

由于大家从不同的初中聚到一起，对彼此的特长并不十分了解，班主任王老师只有不停地摸底筛选。"男生运动员组：王文强、刘凤洋、杨志强、卢志刚、毛善桂、金小龙、王全新……女生运动员组：付正娇、胡春丽……宣传组：李建平……后勤保障组：彭志勇……"王老师有条不紊地安排着。"王老师，我想报名参加运动员组！"我鼓起勇气向王老师毛遂自荐。"理由？""从初中开始，每逢运动会我就在后勤组打开水、送糖水，高中了，我想做一些改变！""一万米长跑还有名额，只要坚持跑完全程就可以得一分。"王老师用试探的语气说道。"我愿意！"一心想加入运动员组的我立马答应。

王老师精心挑选的运动员在运动会第一天就锋芒毕露，

老生都说这届新生出了匹"黑马"。高三（1）班的体育老师急了，因为他正在追求某班班主任，自然想在运动会上取得最好的成绩。在后两天的比赛中，那位体育老师明显在某些项目的判罚上有所倾斜，对我们班非常不公。在那个没有监控视频的年代，王老师只能据理力争。

最后，高一（2）班获得了团体总分第一名，打破多项校级纪录，整整超出第二名八十多分。当然，其中也有我贡献的一分。

劳动课

我们求学的时候学校有专门的劳动课。当时的教育方针是"培养德、智、体、美、劳全面发展的社会主义建设者和接班人"，学生可以在校田里种些蔬菜，或是到附近的农户那里采采茶赚些"三勤费"。二中没有校田，于是舒校长就号召大家通过劳动改造校园，规划口号是"落霞与孤鹜齐飞，秋水共长天一色"。我们班个子高的男生王文强、刘风洋、田书旺等人一般被委任为车手，几部木制板车均由他们操控。别的同学只能扛着锄头一锄锄地挖土，再刨进簸箕倒进板车内。我也是推过板车的。那次劳动课上，车手杨志强说跑不动了，一心想推车的我正好听到了，自然不会放过这难得的机会，因为老师是绝不会同意我这样的矮个子拉板车的。当年的我们有着使不完的劲儿，倒土之际会时不时故意放手将板车放到土坎之下，再叫几个同学慢慢往上抬，我们男生私下的口号是"让板车遍体鳞伤"。就这样，在师生齐心协力下，大家一车车地拉土，填平了百米的直线跑道，填平了四百米的环形跑道……

跑道填平了，操场填平了，劳动实践也快结束了。最后一次劳动课是全校师生一起下到放过水的池塘，清理淤泥、石块，那场面别提有多壮观啦！有的成了泥人，有的成了花脸，大家干得热火朝天。那天，学校还安排摄影师进行了拍摄。遗憾的是，我们很快就毕业离校了，并未见到当时拍的那些照片。一年后，二中迁往了县城。有次回家，我特意去老校区看了看，跑道、操场杂草丛生，池塘也干涸了，教室成了危房……站在校园里，我的心久久不能平静。

忘不了

在长阳二中的三年求学生涯，给我留下了很多快乐的回忆，亦成为日后和朋友叙旧聊不完的谈资，会念起我们"麻池三巨头"的往事，杨志强、刘风洋等人通宵斗地主，李玉文、李德益、胡守诚仁男生与周乐艳、王芳俩女生之间的恩恩怨怨，当然还有罗敏、周海涛经营新华三村的故事……

课堂上背着老师搞点恶作剧是男生的专属，有时女生也会参与其中，且乐此不疲。

我可爱的同学们，如今天涯海角奔波在各自的生活轨道上，只有曾经的老师依然坚守于讲台，教书育人。希望我们的老师、全天下的老师幸福安康！

回　家

　　在外出差，总把"回浙江"叫"回家"；到了浙江，又管"回湖北"叫"回家"。

　　20世纪80年代初，母亲找出一个父亲用旧的土黄色挎包给我，开启了我的上学模式。那时的村办小学，学生按照不同的归家线路分成几个路队，老师会选出一位高年级学生作为路队长。下午最后一节课结束后，集合铃声响起，我们按照线路站队，先由路队长汇报头一天的路况，再由老师强调路上纪律、注意事项等，随后便由路队长带队，高年级同学照拂低年级同学一起回家。同学间难免会发生摩擦，还有同学会偷挖路边的红薯，或是爬上路边的果树。本来只有男生爱搞恶作剧，谁知也有女生在水田抓泥鳅，再用饭盒装回家并乐此不疲，还会提醒几个爱打小报告的同学不许告诉老师。即便没有大人接送，我们也能安全开心地回家。我每天都盼着下课，盼着放学，只有放学回家才能见到我可爱的猫咪，吃上妈妈做的可口饭菜。

初中，我开始寄宿生活。学校两周放一次假，大家更是归心似箭，每到放假前的晚上，总有学生聊天到天明，个个都像打了鸡血般兴奋。第二天早上集合训话后，大家便背着行囊，踏上了回家之路。三十来里的路程，风雨也好，大雪也罢，我们三五成群结伴而行，步行两个多小时也不觉得累。

高中，依旧寄宿，还是两周放一次假，步行两个多小时才能到家。只是我们越来越调皮捣蛋了。放假前的校长训话，我和李玉文、李波缺席，三人坦然地待在宿舍，换来的是要写六千字以上的检查。路上，我们讨论着如何凑

家乡的包面

足六千字，要写缺席的原因、想法……边聊边走，不知不觉就走到了家门口。

　　大学之后，回家的次数少了。每次回家前会早早到长途车站订票，提前考虑着带点儿什么礼物回家。

　　工作之后，我去了广东，又到了浙江，仍坚持每年回家过年。我期盼回家，每当独自提着行李下车的一刻，又似乎近乡情怯——当时，真的想租个女友回家让父母开心一下。2005年国庆节，当父母知道我要带个武汉的女友回家时，提前准备了家乡的包面、玉米面蒸肉、特色懒豆腐和自制的糯米酒。在我心里，家是温暖的港湾。

2006年春节第一次开车回家，自然多带了一些特产。父亲喝着对他来说难以下咽的绍兴黄酒，依然连说"美酒"。

2013年8月起，父亲的健康每况愈下，我回了几次家。2016年3月，大姐手术；同年8月，母亲确诊为乳腺癌，我又一次在年中回家。每次回家，我都会在傍晚矗立门口，看着西边残阳如血，听着乌鸦凄凉的啼鸣，顿觉整个村子再无儿时的欢乐和谐的气氛。

2018年9月12日，父亲七十周岁生日。因为某些变故，我不敢回家，似乎有所逃避。犹豫不决之际，兄弟邹春明劝我务必回家，陪父亲度过这个生日。

2018年12月18日，我的心沉到谷底。兄弟郭应诚早早把车开到三峡机场等我，并以最快的速度把我送回家。怎奈我还是没能见到父亲的最后一面。父亲的离去并未阻断我回乡的脚步，2019年的春节我仍是赶回家过的，虽然只身一人回来，少不得要给母亲耐心地解释一番……

家，装满了游子的梦想，还有莫名的惆怅；回家的渴望每每令人热泪盈眶；心中最重要的位置仍是留给家的！

相约宜昌

　　在郭应诚的倡议下，我们来自六省的好兄弟不惧酷暑于8月2日晚上齐聚一堂，在郭兄家品着陈年茅台，尝着他亲自下厨烧的甲鱼、龙虾、鲫鱼、黄鳝、土鸡炖香菇，谈笑风生。

　　饭后，我们住到预定好的荆州某酒店。多年不见的师父王慧波不辞旅途疲惫，赶到我的房间嘘寒问暖一番，对我的近况与未来发展颇为关心。

翌日，我们早早起床，吃过当地的特色早餐后漫步于荆州古城的城墙上，闲谈三国故事以及先人的智慧，又参观了荆州博物馆，兴趣盎然。只是天公不作美，事先计划好的漂流玩不成了，只得退而求其次，选择去三峡人家风景区。我们从宾馆停车场出发，导游书英不停地介绍宜昌的风土人情，一路上欢声笑语。很快，我们来到一个别具特色的山洞餐厅，品尝了地道的宜昌美食，沿途的疲惫瞬间消解了。

三峡人家风景区奇峰怪石，峰峦叠翠，山水相依，云雾袅绕，移步换景，犹如仙境，更有展现土家抢亲风俗的表演。

这时，天空淅淅沥沥下起了小雨，我们才想起来忘了带伞。大炳戴上了标志性的鸭舌帽，既可遮雨又能尽显他的"阴险"嘴脸。果然，他很快就幸灾乐祸地高呼："我爱下雨！"包子和郭应诚两对夫妻纷纷撑起伞，也撑起了一幅动人的画面。师父慧波一家就着嫂子的一件外套，暂时撑起了一个简陋却极显温馨的小帐篷。晋安早已拉上"谭胖胖"和"土豆"王总、老江哥抢占了附近的避雨亭，四人居然在熙熙攘攘的人群中玩起了扑克牌！我只能硬着头皮接受着雨的洗礼。

我低头向前快步走着，突然，一把花伞举过我的头顶——是导游书英。她默默地把伞举过我的头顶，遮着我，也遮住了她自己。头顶似乎飘过一片橘红色的彩霞。我扭头看她，她的笑竟让我想起融融的春日，想起碧空中的风筝。

"哎呀，我的手机！"前面的理科一声尖叫，手机滑落到路边

三峡人家风景区

的荆棘丛中。"买新的呗！"我嬉皮笑脸地调侃。"说得容易！里面很多客户的信息。"理科烦躁地回了一句。还没等他说完，书英已将手中的花伞塞到我手中，她那瘦小的身躯已翻过路边的护栏，俯下身子向悬崖下探看着。

半晌，理科的手机完璧归赵了，可书英的面颊、双手等处都被荆棘划出一道道伤痕。她依然微笑着道："你们这些大汉身高马大的，还是我这样的翻下去最适合……"她后面说了什么我听不清了，只觉得那瘦小的身躯霎时高大起来。

雨停了，我们也上了船。我静静地坐在船上，心海则涌起巨浪狂涛，突然有点憎恨又怀念这场小雨。

不得不佩服书英的整体统筹安排，我们从三峡人家景区返回时正好赶上夜游长江的客船，将美丽迷人的宜昌夜景尽收眼底，亲身体验了一把通过葛洲坝船闸的感受，几十米的落差只要几分钟就完成注水，且船身没有任何颠簸感，不得不说祖国的建设事业日新月异！

结束了一天愉快的行程，尚不觉得累。第二天一早，我们一行人前往有着"天然氧吧"美誉的百里荒景区。这

百里荒景区合影

里平均海拔1100米，盛夏时的最高气温不过28℃，被游人称为"不用电的降温空调"。百里荒实际是一处丘冈式草原，绿草堆翠，孤松卖怪，充满着诗情画意。百余处"侏儒石林"、五千亩"火杞"、十公里长的红叶画廊、万亩华山松与马尾松林等，皆为百里荒草原所独有，不容错过。

我们中有胆大的在百里荒的玻璃桥上嬉笑玩耍，胆小的早已选好地方打起了扑克。包子脸色铁青，依然在玻璃桥上挑战自我。胆小的郭应诚走了一半，丢下漂亮的老婆仓皇而逃。玻璃水滑作为一种交通工具，从山上到山下人人必坐。胆大的小伙子手都不扶，胆小的老江哥哥则紧挨身强力壮的理科，紧紧抱住对方的腰，闭着眼睛滑。

天下没有不散的筵席。这次浩荡的旅行随着众人从百里荒回返而落下帷幕，有的要返回工作岗位，有的要继续出差会友，可谓是聚散终有时。

师父慧波一家、老江哥哥、理科决定同我一起去我大山深处的老家看看。经过一番车舟劳顿，我们于8月5日中午赶到。

老妈、姐姐见有客人来，忙着操持家乡菜。师父慧波下午还要赶回长沙，匆匆地参观了我家的老宅，还特意去父亲的坟前行了三鞠躬礼。吃过简单的农家饭，他们一家三口启程赶路。老江哥哥与理科二人到了农村总要装模作样一下。老江哥哥抢过大姐肩上的锄头和姐夫手中的水管忙碌起来，理科非要牵牵羊、喂喂猪……

地道的农民习惯在老妈这辈人身上是很难改变了，听说我们第二天一早七点之前就要出门坐船，硬是凌晨三点就起来准备早饭。在她心目中，早点绝不能对付，那可是结结实实的一顿饭。

清江上，开船了。船在江中走，人在画中游。

再见了，家乡的亲人；再见了，这片热土；再见了，我的兄弟朋友……

父亲的心愿

夜深人静之际，我的心久久不能平静，一颗心狂跳，仿佛要飞出胸膛。

1972年，父亲加入了民办教师队伍。由于没有接受过任何师范类院校的科班教育和培训，他白天授课，晚上身居斗室，在微弱的煤油灯下批改作业、研究教学方法，摸索着前行。

和父亲一起加入民办教师队伍的还有邻村的朱老师。

他们同一天参加工作，在同一所学校，教同一个班。当时，小学开设语文、数学、品德、体育、音乐、美术几门课，父亲教语文、品德、体育；朱老师教数学、音乐、美术。两个年轻人就此成了好兄弟，时常探讨如何更好地处理师生关系，交流教学方式、方法。

不知不觉中，两人搭档了几十个年头，通过努力双双取得了教师专业合格证，从民办教师转为公办教师，亦多次被评为优秀教师。父亲曾在《湖北教育》期刊上发表了一篇题为《建议开辟民师专栏》的文章，该建议很快被《湖北教育》所采纳，专门设立了"民师专栏"，为那些没有专业背景，但在当时极其庞大的民办教师队伍提供了一个发表心得、传授经验的场所。

朱老师的女儿芳芳与我大姐同龄，中专毕业后去了远方工作。

我上小学的时候一直跟着父亲。记得一年的开学季，他先安顿好住校的学生，查完寝室后再和朱老师聚到一起。为不影响我睡觉，他们两个会挤在朱老师的房间。当时，微弱的煤油灯已被明亮的日光灯所取代，唯一不变的是，两人依然拿出一包从家里带来的玉米蒎子①和一瓶本地玉米烧酒，你一口我一口边喝边聊。我不知道父亲究竟是什么时候回来的，第二天早上醒来，他让我面向他立正站好，语重心长地对我说："家里什么事也不要你操心，你的任务就是好好读书，将来去大城市工作，接我和你妈去大城市开开眼界，坐坐飞机，看看大海。能如此，你爹也就心满意足了……"说这话时，父亲眼里闪动着泪花。彼时的我，只感到莫名其妙、一头雾水。

多年以后我才知道，当年暑假，朱老师的女儿芳芳让他坐飞机去了她工作的海滨城市小住了十多天。当时，老家人大多连县城也未去过，能看到大海算是很值得炫耀的事了。那晚，朱老师同父亲喝酒时一直在讲在海边看到的新鲜事儿，什么是比基尼呀、几尺长的海虾呀、三斤重的螃蟹呀……

这件事之后，每逢开学季，父亲再也不去朱老师的房

① 蒎子，鄂西山区旧时的一种家庭自制零食，干玉米粒水煮之后再用沙炒，当地发音"pāo"。

间就着玉米笆喝酒了。对于他们来说过节般愉快的日子从此消失了。父亲曾意味深长地对我说："我什么都不羡慕别人，唯一羡慕别人有成绩好的孩子。"当时的我又怎能体会父亲的心酸呢？年少的我太不争气，成绩一向不好，父亲却从未放弃，想尽一切办法让我继续学业。后来，我从武汉化工学院毕业后选择了沿海城市，先是在恩师阎福安教授的推荐下南下广东，随后又来到浙江，只是我一直在追求所谓的功成名就，一次次地跳槽，一次次地适应新环境。当自己也开始创业时，则把"刚刚起步""经济拮据"等视为借口，忽略了父亲坐一回飞机、看一回大海的心愿。

2013年的一场重病后，父亲的生活不能自理，于2018年12月18日与世长辞。噩耗传来，好友郭应诚以最快的速度把我送回家，章晋安也冒着暴雨驱车数百公里赶来，还有诸多同学、亲朋以及父亲的学生，抬着父亲的棺材在曲折陡峭的山路上前行。

父亲，您一直教导我们要挺直腰杆走路，哪怕是遇到陡峭的山崖，因为您一生一直在陡峭的山崖砥砺前行，今天，请您歇歇脚吧，让我们抬着您走！七十年了，您想坐坐飞机、看看大海的小小心愿到底没有实现。

想到这些，我忍不住落泪，将杯中酒洒在地上。父亲，这是我在浙江敬您的酒；听大姐说您去的时候没有闭眼……是的，因为我的生活也发生了一些变故，病中的您一直为我担心。请您相信，我会听您的话，好好做人，努力做事，一定要把母亲接来坐坐飞机、看看大海，完成您未完成的心愿，您在九泉之下安息吧！

大伯的老榨坊

西边升起晚霞，微风摇动着茂密的林木枝叶，每见此景，我就自然怀念起故乡的向王桥和桥头的老榨坊。

童年的记忆中是没有买过玩具的，商店里也没有玩具卖，即便有，也就是五毛钱就可以买好几米的橡皮筋之类的。所以，孩子们玩得最多游戏就是跳皮筋，也会用石子在稻场画个房子，捡个瓦片放在里面，单脚边跳边踢瓦片，一下没踢进第二个房子或是出线就算失败。男孩们还会拜托年长些的大哥大叔们用斧子将手臂粗的花梨木砍成陀螺，再找根手指粗细的竹棍，系上绳子做鞭子，不断抽打陀螺使它旋转。我们会把父亲抽过的香烟盒都收集起来，叠成三角形。我们叫它"板"，游戏就叫"打板"，就是一人将一个三角形的纸板贴地放好，另一人手持一板对着地上的板选择自认为适合的角度拍下去，如果地上的板翻面了，

香烟盒折叠的板

打板的人就赢了，贴板人的板就输给对方了。如果没有翻面，则两人继续轮流对打。当时，学校只允许大家用香烟盒折的板，因为担心学生可能会撕书本。当然，也有老师见到香烟盒做的板也会没收，说这是赌博行为。

记忆中，男孩子最喜欢的游戏还属滚铁环。家里的木桶、木盆，总之只要是有铁箍的物品都没能逃过顽皮的男孩子的毒手。一个铁箍、一根一头用铁丝做成U形的小竹棍。还可以进行多人比赛，看谁滚的时间长、距离远。印象中，滚铁环比赛我总是输。放学回家，我朝母亲嚷道："怎么家里就没一个好点儿的铁箍？"母亲则抱怨道："你自己看看，家里的桶、盆，哪个不是被你折腾得直漏水？"可我就是不依，缠着母亲要好一点的铁环。母亲无法，就把我带到大伯的榨坊，打算找大伯借个铁箍。铁箍是大伯用来榨油制作菜饼的。大伯先把晒干的油菜籽用柴火炒香，再用粉碎机粉碎，接下来用木甑放入小锅蒸熟，将蒸熟的粉末填入用稻草垫底的圆形铁箍中，做成胚饼。他说一榨五十张饼，一张饼两个铁箍，正好一百个铁箍！显然，想讨要一个饼箍做铁环也只是想想罢了。

　　　　大伯的老榨坊 ❥

不过，从进入榨坊的那一刻起，我已经不在乎有没有多余的铁箍了，而是被踩饼、撤饼的工艺所吸引。看着密密麻麻的油菜籽最后经过一番"压榨"，流出香喷喷的一缕清油——真的是太神奇了！更重要的是，在榨坊里还可以吃到用卖不掉的脚子油①炕的洋芋，那味道就是比家里炕得香。所以只要有机会，我就会溜进大伯的榨坊。大伯的老榨坊陪我度过了愉快的童年。

时代在向前发展，榨油工艺也不断改进，传统工艺的效率早已跟不上节奏，加之大伯年事已高，健康状况每况愈下，生意自然也清减了许多，便将老榨坊传给了次子建华哥。建华哥接手后拉到贷款，大刀阔斧地更新了厂房、设备，严把品质关。据说当时大伯对此是反对的，毕竟先进的榨油设备产能大得惊人，这么多的原料哪里来？榨出的油又卖到哪儿去？时间证明了一切！向王桥的老榨坊不断得到变革的洗礼，一路向前发展，已在当地乃至全县都小有名气，行业中也是遥遥领先。大伯如今可以含笑

---

① 脚子油：储油桶底部的油，因有少量沉淀物而卖不出去。

九泉了。

　　大伯，放心吧！您的老榨坊会一直传承下去的，只会越来越好，产品越做越精良！

留守老人

　　这天，我迎着如血的残阳回到生我育我的村庄，只见一路凋零的景象，整个村庄罕见人烟，偶遇几个全是老人。记忆中，故乡的山村不应该有映山红盛开的春天、风细蝉响的夏夜、暖阳融融的冬日吗？如今，它们都去哪了？

　　看着年迈的父母，听着邻居们谈论身体怎样不适还要坚持干活，为了多挣一块钱而急赤白脸，红苕收得再多也变不成钱……我的心如注铅般沉重。

明坤哥是村里留守老人中的致富带头人，养了牲畜、挖了鱼塘、养了土蜂、种了茶园。父母、大姐同时住院时，是他每天义务帮我家喂牲口、打扫房间，让我们的老宅没有因为主人的缺席而显荒凉；也是他在父亲去世时不顾冬夜的寒冷，为父亲换上寿衣后骑车去找鞭炮……小时候，我很喜欢到明坤哥家里玩，在他家时常能见到土匠筑土墙用的工具、凿石头用的凿子，还有自行车、土铳等平时见不到的物件。听说那土铳特别厉害，再大的野猪都能一铳毙命，只是明坤哥从不轻易对着野兽放铳，往往是朝天放上几铳将它们吓退了事。

　　渐渐长大后，我发现陪我们度过童年时代的那些老物件越来越少见，陪我们成长的大人们不知不觉成了留守老人。要知道，正因你们的存在，才使昔日的穷乡僻壤变成生气勃勃的土家山寨。是你们这一辈人的努力，才让我们过上了安定的生活。

　　让我们一起关爱留守山村的老人吧！其实，他们的要求并不高，只要我们能耐心地多陪他们说说话，他们就会很开心。关爱留守老人，从我做起！

土家的年

　　俗话说干冬湿年。这个冬季，天气异常干旱，逼近年关，雨沥沥淅淅地下着。雨天给这个年笼罩了一层阴郁的气氛。

　　经过几天的大堵车，我早早回到家乡。家族成员在县城小聚，增进了彼此的了解。彭氏家族从江西到湖北经历了几百年的变迁，因而，大家更为珍惜这次难得的相聚。

　　在我们长阳，土家族过年必吃猪头，母亲早将猪头处理得干干净净。猪头煮熟之后先去敬猪神，猪神会保佑家里的猪来年长势良好，不生瘟病。这是土家农民对新的一年最朴实的期盼。

腊猪头和腊猪尾巴肉

豆腐，也是土家人过年餐桌上必备的菜品，叫"年豆腐"。大姐用自己种的黄豆磨成豆腐，放在羊肉火锅里一涮，别提有多香了。

早上起床，母亲同大姐已将团年饭做好，虽没有城里饭店的山珍海味，但自养的土猪、山羊、土鸡和自家种的蔬菜一样做出了美味健康的佳肴，碗碗喷香。

老家的团年饭

依照土家族的老传统，人们要在桌上放些碗筷，桌下烧些纸钱，请故去的先人先享用佳肴，然后在地上倒些茶水。先人享用过，大家才能坐下来开餐。这不是迷信，是教导后人要百善孝为先，勿忘祖先。

吃过饭，便去为先人上坟，这也是土家人的过年习俗。我们冒着大雨，不顾路滑，去了几处祖坟，烧了些纸钱，上了几炷香。回家时，母亲已经烧好了午饭，大家聚在一起边吃边聊。聊生活、聊工作、聊社会。由于奶奶、父亲、二妈的坟地距家比较近，我们等到傍晚，带上纸钱、鞭炮、酥油灯给他们上了坟，上了油灯，希望他们在九泉之下安息。

父亲过世不满三年，按照传统，尚不能立碑。于是，我在坟前默默地说：父亲，您一直想尽办法让子女们成家立业，教导我们正直做人，今天，除了当医生的二姐还坚守在工作岗位，我们都来看您了！请您一切放心！

好友文子也是医生，因疫情要二十四小时待命，坚守工作岗位。他弟弟也因湖北多地交通管制无法返乡。我准备了一条活鱼、一点水果，让姐夫陪我去看望文子的父母。

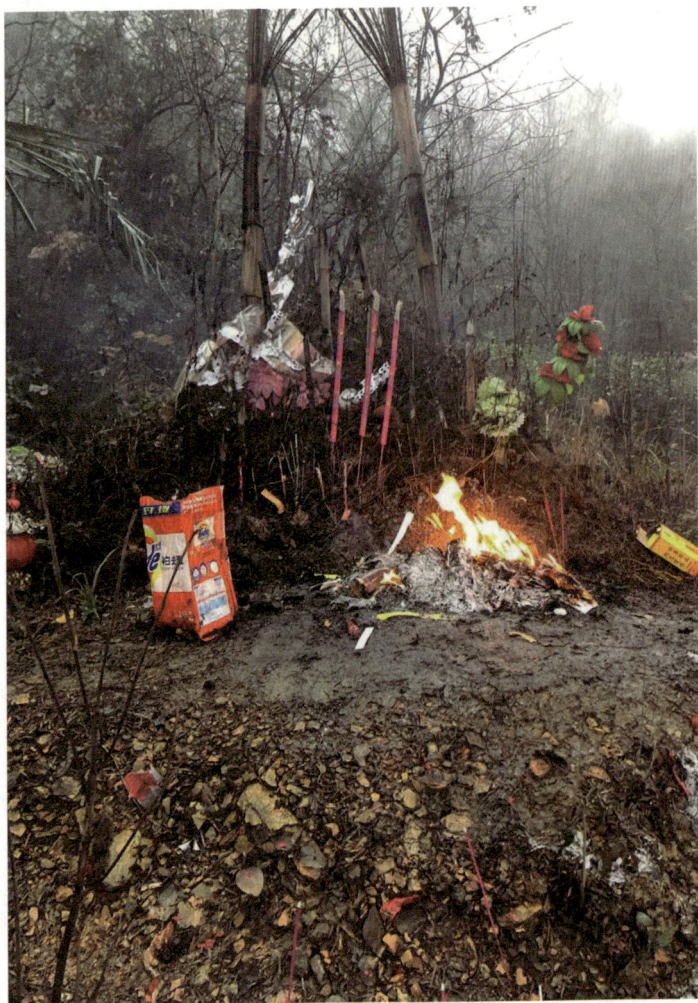

父亲的安息之地

礼轻情意重，我真心希望大家一切安好，年年有余。

从文子家回来天色已晚，我为家里的菩萨上了香、点了灯，又同武汉的姑妈通了电话。武汉是这次新冠疫情的重灾区，全国人民都在为这个城市祈祷，祝福武汉的亲人朋友平平安安，坚强挺过难关！

新年的钟声即将敲响，但愿一切都有新的开始！

姑爷的烟袋

大家见过烟袋吗？

现在常见的烟袋前面是一个金属锅，多为铜制，中间的一段是木制（多为乌木，也有用竹的）的空心烟杆，烟袋嘴一般是玉质。

儿时的记忆中，人们往往在山里选一根手指粗细的竹子，小心翼翼地连根挖出，用一根烧得红红的铁丝把所有竹节都烙通，再把竹子根部挖出一斗，有细心的伯伯还会

农村的老烟袋

把根部雕出龙凤的造型。如此，一个自制烟袋就出炉了，要是能放在灶头用烟熏干一下，必定会更加结实耐用。

烟袋是用来吸叶子烟的。叶子烟又叫山烟、土烟、旱烟。叶子烟同我们现在买的卷烟品种不同，经过抽丝加工成卷烟的有白肋烟、烤烟等。虽然卷烟内添加了不少香精，烟味却始终没有叶子烟香，烟劲也没有叶子烟强劲。正因叶子烟的烟劲猛，很多年轻人吃不消，所以抽叶子烟的通常是上了年纪的人。

记得姑爷有一根比我还高的长烟袋。烟叶也是自己种的，从整田到播种从不要姑婆帮忙，也不打农药，生了虫子都一个个捉走，像呵护婴儿般照料着。每年收烟季也是最为忙碌的时候，要用稻草搓成绳子，将烟叶的下端一片片地夹到绳子中间，每天早上把绳子的两端挂在屋檐下晾

捆好的叶子烟

晒烟叶，不可暴晒，晚上再卷成卷儿收起来。如此反复，每天白天晾开，晚上卷在一起发酵，直到烟叶自行干燥。听说至少要晾晒半月以上，弄得不好，烟就不好抽了。

过去，缺医少药，有时耳痛，有时虫咬，大人总会找个刷锅用的篾刷帚，从中掰根细篾，插到烟袋里带出一些黑黑的烟油，当地称之为"烟屎"，涂在患处。有次，我耳朵疼，母亲就要用"烟屎"。我一听到"屎"字自然是不从，母亲劝我一涂就不痛了，才同意一试。谁知一试果然灵验，自此凡是有哪个地方感觉疼痛，母亲便去姑爷家讨要烟油涂抹，屡试不爽。也是从那时起，我对姑爷的烟袋生发了兴趣，每次去姑爷家，总要摸摸他的烟袋，问他烟杆子用的是什么竹子，能否也给我做一个云云。我只记得姑爷忍俊不禁道："你个伢子要什么烟袋？"

后来听父亲说，抗日战争时期，日本人到了我们县的庄溪村。庄溪村距我们村也就二十多里路。日军派了五名侦察兵到我们村庄来探路，当时的保长就是我爷爷。他当机立断组织村民捉拿敌人。姑爷和另外几人一组在大树岙一带抓住一个日本兵，由于语言不通，便缴了他的枪准备押去交给当时在附近布防的国民党七十九军。突然，那日本兵叽里呱啦地乱叫，姑爷眼尖，发现对方的手已经伸进裤袋，马上一烟袋敲向他的手。大家趁他走神一起将之按倒在地，才发现他裤袋里有颗手雷。姑爷他们是平民，虽是缴了枪但不会用，便找石头先砸了对方的手再砸了他的人。后来是鄂西会战、宜昌会战，日本兵到底也没有来过我们村庄，可每当我问起姑爷这段历史时，他总是三缄其口，只说日本兵也是人，也是孩子，也是娘生爹养的。可以想象，姑爷的内心是多么痛苦纠结呀！

后来，我上小学了，姑爷也去世了，抽叶子烟、种叶子烟的人也少了。竹制的烟袋成了永久的记忆！

鼎　锅

鼎锅，是我们这代人一件难忘的家什。火垅里的火堂挂个鼎锅，烤火的同时还可以烧水，也有用它煮腊肉、煮米饭的，非常实用。但由于鼎锅的盖子大，密封性不好，烟容易钻进去，水烧开了带着烟味也不好喝，所以用鼎锅烧的水往往用来洗澡、洗衣服，很少有人用它泡茶。家境富裕些的会用铜吹壶烧茶，条件一般的也能有个铝吹壶。要是哪家用鼎锅烧水喝，不言而喻一定是家贫如洗，但即便再穷的人家，也是有鼎锅的。我家自然也是有鼎锅的，一条小拇指粗细的铁链挂在房梁上，下端挂着个钩子，专挂鼎锅。只是没有专门用来烧茶的器具，只好用做饭的锅

鼎锅

烧茶，洗得再干净也会浮着一层薄薄的油花。但要用鼎锅烧，客人一喝便会说有烟味。后来，母亲夏天用蓝瓜叶、冬天用干的丝瓜瓤洗锅，再烧茶水，也还过得去。

　　童年的冬天是离不开火垅的。奶奶抱着我，把我的脚烤得暖暖的。火垅上挂着腊肉、香肠、豆腐干、土家豆豉……那叫一个香呀！20世纪80年代初，集体经济刚刚转型，百姓生活尚不宽裕。粮食本来就少，人吃都不够，更别提喂猪了。没有粮食，猪自然长不好，有一点肉都要留着待客，自己舍不得吃。趁大人不在家，我拿了菜刀爬到椅子上准备去割根香肠放鼎锅里煮了吃，可人太小，够不着，最后还一脚踩空摔了下来。幸好冬天穿得多，没被火烫着，可椅子却把鼎锅打破了。见自己闯了祸，我便跑到二妈家不敢回去。二妈听后二话不说，把自家的香肠割了两截下来，用白菜叶子包住，放到火堂里烧熟，让我吃饱了再送我回家，并叮嘱奶奶别骂我，说"伢子想吃，别为难伢子。"那是我吃过的最香的香肠，之后也用同样的方法烧了吃过，总觉得不是那个味儿了。那次，奶奶、母亲并没有骂我，只是偷偷抹了抹眼泪……

如今，农村已没有那种敞火的火垅了，早都用上了节能干净的烤火炉，鼎锅也退出了历史舞台。我问母亲："家里的鼎锅还在吗？"母亲说："在。你问它干吗？老早不用了。"母亲又怎知道我的心事呢？

茶　事

　　刚记事的时候，乡里有位书记叫李作春，领导村民开荒种茶。从那时起，我知道了茶树、茶叶。

　　当时，我们生产队里有个外形酷似乌龟壳的荒山包。李书记鼓励村民开荒，种上了一圈一圈的茶树，命名"茶梯包"，并按照队里的户数，平均分配茶树。

　　刚出茶叶的那两年，父亲会把母亲摘回的茶叶用小火先炒了，叫"刹青"，放到簸箕里用手揉，再小火炒干，便

茶梯包

成了绿茶。政府在邻近的水竹园村开了一个茶站，专收成品红茶。农民将茶叶摘回来，用篾卷卷起晒蔫，放入一个半人高的大木缸中，脱了鞋跨到缸里踩踏，直到把茶叶踩成条状；也可将晒蔫的茶叶背到粮食加工厂，用揉捻机处理一下，但得出加工费。踩好（或者揉捻好）的茶叶要用塑料薄膜包起来发酵，发酵一定时间后再摊到篾卷卷①上晒干。晒干的茶叶要过筛，因为茶站会按茶叶的粗细、水色来评定等级，等级不一价格自然也不同。最难搞的是水色，听说发酵正好的水色是红的，发酵不够则为黄，发酵过头颜色会深。不过，当地都不喝红茶，说是脚踩过的不卫生。据说国人也很少喝，都是收去出口到苏联。有收入，农民的积极性就高，不停地开荒种茶。

每至夏天，家里制好几袋红茶便要拿到水竹园卖掉。一早就要出发，一是晚了天会热，二是去晚了要排队，很磨人。母亲总是不愿带我去，嫌我走得太慢，我却每每赖着同行。有一次，我跟着去看了茶叶评级，过了磅便能收到印有天安门、女拖拉机手等花花绿绿各种图案的"票子"。当然，"大团结"是不会让我碰的，至多给我一角钱去路边的合作社买瓶汽水喝。母亲出发前总要带几瓶凉水路上喝，我却总是不带，就是为了那瓶甘之如饴的汽水。

在家乡，人们管采茶叫"折茶"，有"折断"之意，也

---

① 篾卷卷，当地一种晒制物品的工具，外形同竹席。

冒出浅绿新芽的茶树

可能是"择茶"，有选择地采摘，抑或是将"摘"字的音发错了。总之，没有人去考证，当地农民一直这样称呼。

临近清明，故乡的茶树冒出了浅绿的新芽，而套种在茶树中间的油菜也开出金黄的油菜花，像一匹黄缎子，和那些浅绿的新茶相映成趣，整个村庄便多了一分美丽，多了一分动人。记得每到这时，桃英嫂子的笑声便响彻半边天，我们管这叫"打哈哈"。桃英嫂子本不住我们这边，天蒙蒙亮她就约了远青姐姐带着背篓直接到我们的茶山帮我家折茶。

桃英嫂子是我大姑妈的儿媳妇，为人开朗，"哈哈"打得特别响，常是不见其人先闻其声，在家里也是上得厅堂下得厨房。桃英嫂子嫁过来时我还未上学。刚认识我那会儿，她就喜欢逗我，还问我将来要讨个什么样的媳妇，我说"像你这样有长辫子的"。她会逗我道："那我嫁给你吧！"我一听急了，大叫"不要不要，你都有孩子了"，还去扯她那对长辫子。她就说："那以后就给你介绍个漂亮媳妇！"那些年，桃英嫂子见母亲太忙，常会约上远青姐姐过来帮忙，只是给我介绍像她那样梳着长辫子媳妇的承诺

茶 事 ❍

一直没有兑现，或许是后来不流行长辫子了，好多时髦女郎的头发比男人还要短。

为了感谢桃英嫂子和远青姐姐来帮忙，母亲做了饭菜招待，桃英嫂子则说要再折一会儿，等太阳大了再回去。太阳终于打着哈欠露出了半张脸，手巧的桃英嫂子已将背篓装满了新绿，这才背着茶叶往回走。

小时候我也会折茶，学校每年都要勤工俭学挣三勤费，只要附近农户有请，学校定会安排老师带我们去折茶。还有专门的组长负责检查是否折干净了，事后还要称重，要是折得太少会被在班上点名批评。我们组有个叫龙远的同学，当时，我已经折了满满一背篓的茶叶，却被他神不知鬼不觉地"借"走了一大半。还有一次在同学刘姣丽家折茶，又被龙远"借"去了一大半，称重时，我才发现自己只有三两三，是同学中采得最少的。班主任张辞忠老师明察秋毫，没有批评我，只是和蔼地笑道："一下午才三两三？以后别只顾着自己折，还要留神盯紧自己的背篓呀！"

随着苏联解体，红茶没了销路，政府遂鼓励民间兴办

家乡的绿茶

绿茶厂，农民只卖鲜叶，由茶厂进行加工。很快，绿茶厂一家家雨后春笋般开设起来。每年春天，依然有很多农民在折茶，只是见不到折茶的学生队伍了。

如今，人们热衷喝普洱、白茶、红茶，我依旧偏爱家乡的绿茶，因为喝的不是茶，而是浓浓的乡愁……

刚刚蒸熟的苕渣粑粑

苕

    好多年没在老家逗留这么久了，这次的疫情来势汹汹，我们选择足不出户，不给社会添乱。

    "妈，我想吃苕渣粑粑了！"我提议。

"苕渣有，想吃就做！"母亲向来都依着我。

小时候，父亲要上班，家里没有男性劳动力，便请队里的旺大爹来耕田。旺大爹将鞭子甩得脆响，吆喝声漫过了一道道山冈，老黄牛拉着犁缓缓前行，两眼茫然，不知拉到何时才是尽头。我吵着要旺大爹教我耕地，却总也掌控不住犁，更别说甩鞭子吆喝牛了。田犁了，也耙了，母

亲便把猪圈里的农家肥一篓一篓背到地里，打行子、丢粪、点种子忙起来。自然，也少不得种苕。人们把家里苕坑里的苕起出来，一个个并排插到田里，盖上土，覆上农膜。不多久，苕就发芽了。等苕苗长到几十厘米便可以栽苕了。等到雨天，人们把苕苗剪到二十厘米左右背到地里，用木棍或金属做成的锥子在施了肥的田垄上插个洞，放进苕苗，再压一层土。人们披着蓑衣、顶着斗笠，干得大汗淋漓、全身湿透，后来有了雨衣才稍微好点。

苕的栽培历史悠久，人畜共食，可生可熟。在向王桥上学那年月，遇上干旱，每天下午上完最后一节课，所有学生便要提桶携盆地去向王桥小溪打水。我和亚军提着水桶，却嫌溪水水流不大不干净，索性一路沿溪而上，不知不觉就走到了我家对面的法佬湾。

"去偷几个苕吃？"亚军提议道。

"偷我家的吧！就在这湾里，我妈不会骂人。"我回应道。

我们到了苕田边，徒手刨出几个苕，挑了几个大的到溪边洗净泥土，皮也不去便迫不及待地塞到嘴里——那口感，比梨脆，比苹果甜！我俩沉浸在味蕾的畅快中，完全忘了晚自习时间到了。等我们赶到教室，见班主任李桂元老师"恭候"已久。"每人背诵三角函数公式一遍！"李老师厉声道。这算是对我们忘乎所以的惩罚吧！

如今，菜品食材丰富了，吃苕叶、烤苕已不再为了果腹，而成了养生行为。现在多将苕加工成苕粉、苕粉丝、苕丸子等。加工剩下的苕渣大多也是喂猪了。而用苕渣做的粑粑，已成为我们记忆中的美味佳肴。

烧苞谷

　　受困于疫情足不出户，每天母亲和大姐变着花样给我做好吃的。

　　"怎么还有烧苞谷？"我问母亲。

　　"小时候收成不好，舍不得烧给你们吃，现在康农的种子好、收成好，就趁嫩的时候放了些在冰箱。"母亲笑着说。

　　于是，老宅门前屋后的大片苞谷地又浮现在我的眼前。

每年初夏，苞米长得郁郁葱葱的，腰间挂满红须，顶上抽出白色的雄穗，煞是好看！我的童年于这片苞米地不可分割，每当苞谷开始挂红须时，我常忍不住去抚摸，总是追问母亲"可以吃了没有"。等红须的颜色开始变深，掰几个苞谷放到灶里烧熟，便成了当时最美味的零食，外焦里嫩，香气扑鼻！

当时，吃烧苞谷也是很奢侈的事，大人舍不得，总说还没长老，太可惜太浪费了。等苞谷长老晒干磨成粉，拌上萝卜丝、土豆等蒸成饭便成了主食。烧苞谷毕竟是零食，一般一年只会让孩子们吃上一两次。加之当时的种子都是自留的，植株长得特别好，苞谷却长得非常小。

有一次，表哥、表姐带着侄女媛媛到我们家来玩，父亲让大姐掰几个苞谷回来烧。拿回来一看，发现苞谷太嫩烧不了，便煮了吃了，父亲便埋怨大姐没挑好，所幸媛媛懂事，说更喜欢吃煮苞谷，也就皆大欢喜了。

在向王桥上初三的那年，学校食堂甑子的锅被人捅破，没有热水了，男生倒还好，就是有点为难女生。老师鼓励我们离家近的学生带离家远的同学回家洗澡，我便带了邻

康农种子种植的苞谷

烧苞谷

老屋门前的苞谷

老屋门口的玉米

村的小小回家。当时家里没人，我便从猪圈墙角边的石头下拿出母亲藏的钥匙开了门，给小小找了木盆，提了热水瓶，让她先去洗澡。之后，我寻思着做点什么招待小小，一下看见门口长势极好的苞谷。

我自然知道大人不在独自生火烧苞谷是很危险的，但此时此刻，我被一种莫名的情绪鼓舞着，没有半点畏惧之情，果断地把木柴塞进灶膛，浇上煤油灯里的煤油，划了火柴点燃，放进掰好的苞谷，整套工序一气呵成。

等小小出来见到我，不禁哈哈大笑，说我成了花猫脸，问我是不是钻进灶膛里了，并叫我"小花猫"。我气道："不都是为了你！灶里苞谷烧好了，锅里有榨广椒炒剩饭，你吃不吃？"那顿饭没有小菜，一人一碗榨广椒饭、两个烧苞谷，吃得可香了。吃完，小小用毛巾帮我擦掉脸上的炭黑。这一幕刚巧被隔壁的红星看到，他是来约我一同上学的。于是，学校很快传出我和小小的"绯闻"。从此，我再也没有同小小说过话。后来毕业了，我去了长阳二中，当时没有电话和网络，我和所有同学都断了联系。再后来，我又去了武汉上学，去了外省工作。有次回家，父亲提到

腊肉炒榨广椒

小小爸请他给小小做做思想工作，让她在婚姻问题上遵从
父母的安排。不过，小小并未受"父母之命，媒妁之言"
的影响，还是坚持了自己的选择。

通信发达起来后，我找到了班级群，回到宜昌，小小
安排了一次同学聚会。大家兴致正高，小小突然说："最后
两个菜上来了，是志勇的最爱！"大家一齐将目光投向服

务员，只见她一手托着一盘炒榨广椒，另一手托着一盘分成段的烧苞谷。

儿时的典故再讲出来，大家无不笑得前仰后合。

啊，往事并不如烟！

竹

到过向王桥的人，总忘不了这里的山和水。一座座青山，直叫你看得心酥酥、眼醉醉。

山的那边还是山，天山相接处是灰蒙蒙的一片。

每两山之间就有一条溪沟，沟里的碧波像极穿绿裙的少女袅袅地从青山里走来。

向王桥的山中有杉树、青松、花梨木……却极少有竹，当地的椅子也不像江南多用竹制，而是全部用松木为料。

松木制作的椅子

物以稀为贵，所以当地人犹爱竹子，每家在屋后都会栽上一对种竹，长成竹园后就可以用竹子做背篓、簸箕等篾器家具。据传，种竹时要用小竹鞭抽打小孩一顿竹园才会长势兴旺，打得越狠竹长得越好。父母到邻居明坤哥家挖来一对种竹，栽种的时候我却没有挨打，父亲说那是迷信。后来，我家的竹园到底没有长起来，也许是巧合吧！

我真正接触竹子是通过堂哥玉坤。放学后，他带着尚未上学的我，拿着镰刀到处找竹子。当时，做篾器用的金竹是不敢砍的，我们只能找小溪边野生的细水竹。把竹子砍回家，堂哥把它们做成小烟袋。我一直想拥有一只像姑爷那样长的罗汉竹烟袋，便缠着他做。堂哥就说："你拿几支么爹的烟出来，我便给你做！"

那个年月的香烟是没有过滤嘴的，有人用细竹做成烟袋叼着便可以多抽两口。聪明的堂哥用镰刀不一会儿便做成好几个。我偷偷把老爹的香烟拿了两支，每人一支，学着大人的样子吐着烟圈。我又如法炮制地干了一两次，也许香烟少得太多太快，很快便被老爹发现了。那天，他扒掉我的裤子，用一根小拇指粗细的竹鞭使劲抽向小屁股。皮肉之苦后，老爹又心疼地抱住我，讲了一番道理，比如小孩不能抽烟，不能偷拿任何东西，还给我讲了一个"小来偷针，长大偷金"的典故。

上小学后，每逢假期，我依然会和堂哥一起去找细长的竹子，只是不再做烟袋了，而是把细钢筋放到炭火里烧红，在竹身上烙出空洞，做成横笛和竖笛。后来，我们都长大了。堂哥林校毕业后进了当地的农林部门，为保护、

竹制玩具

优化家乡的森林资源竭尽心力，并率先从外地引进毛竹，尝试在老家的山上培植。

今年因为疫情滞留老家，我便向堂姐讨了杆竹子。母亲问我干吗，我说小时候玩得不尽兴，再把玩一下。小时候只能找小溪边的细竹，这次挑了段最粗的，做些当时热衷的小手工。可捣鼓了半天却总觉得缺少了点什么。于是，我去了溪边，寻了半天发现以前那种笔直、分节长、适合做笛子的竹子竟找不见了。最后，我带回一段细竹再次做成了儿时的玩具，终于感觉对上了味儿。

至此，我的心久久不能平静……

老哥哥

外面又纷纷扬扬飞起了雪花。我换上胶鞋，在崎岖的山路上缓缓移步，心弦之上像是坠着一块山石，沉重无比。

到了——是这座坟！这里躺着我们村的一个老哥哥，一个鄂西农村极普通的老农。

老哥哥，大家都这样叫，或许他本人都忘了自己的名字。老哥哥独自住在深山，以烧炭为生。每年冬天来临之际，他便开始垒窑、砍柴、装窑……炭烧好了，一背篓一

老哥哥的安息地

背篓地背出深山。

　　我是跟随父亲在火石坪小学上学那年认识老哥哥的。他佝偻着身子，额上刻着一道道沟壑，手背上暴起的青筋像是扭曲在一起的蚯蚓，样子不讨喜，却给学校背来了上好的炭。父亲招呼他坐下，让我叫他"老哥哥"。老哥哥认识我之后，常会在路过学校的时候带上一包炒熟的板栗，或是刚摘下的野樱桃、放软的野生猕猴桃。从此，我渐渐知道了一些关于老哥哥的故事。

老哥哥姓李，新中国成立前还教过几天私塾，也算是老师。他儿子是火石坪小学的首位民办教师。那天，某学生腹痛，村里的赤脚医生说可能是阑尾炎，李老师便骑着自行车送学生去乡里的卫生院，自己又匆匆赶回来通知家

已荒废的火石坪小学

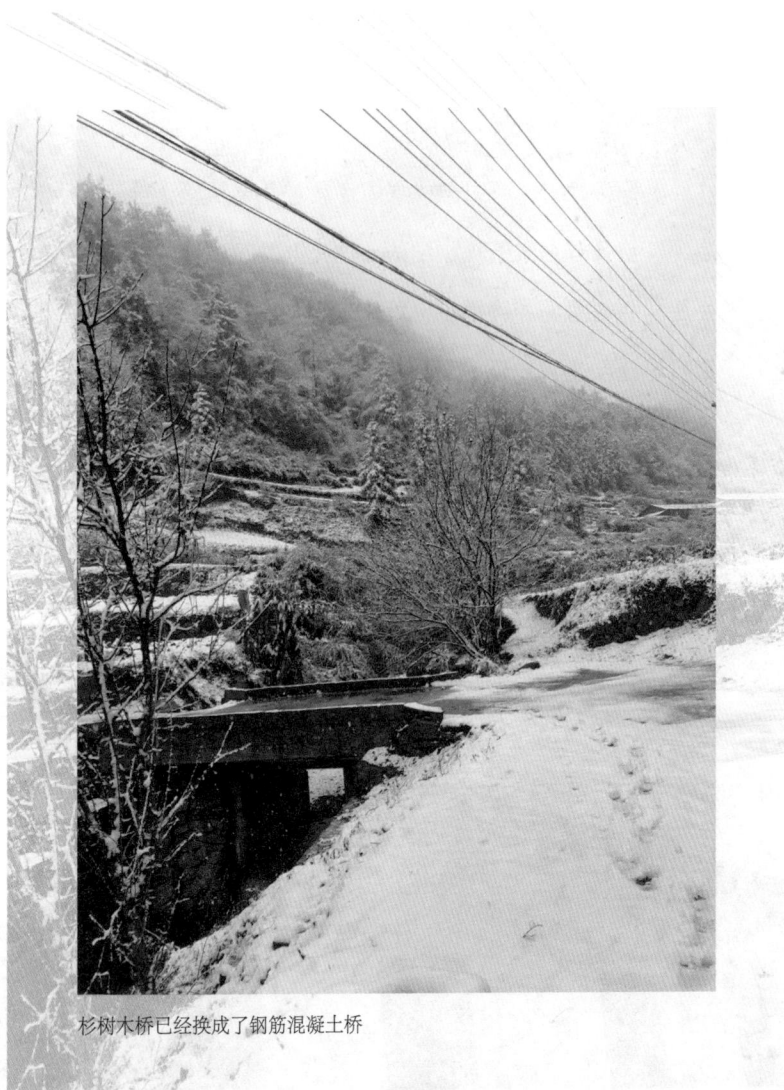

杉树木桥已经换成了钢筋混凝土桥

属。谁知，在下坡路段因刹车失灵，发生了事故，李老师英年早逝。老哥哥的老伴从此一病不起，不久就溘然长逝。此后，老哥哥每年都会把最好的炭送到学校，且分文不取，还叮嘱老师在教室的火盆里多放些炭，说是只有老师、孩子冻不着，才能好好学习，考出好的成绩——这也是他儿子的心愿。

那年的冬天的雪特别大，老哥哥发现溪沟上的小木桥被积雪压塌了。那可是山对面的孩子们上下学的必经之路，而且马上就要放学了。老哥哥心急如焚，便冒着暴雪砍杉树搭桥。风更大了，雪更猛了，他扛着一根根碗口粗细的杉树尽力将步子迈得稳当些，却总免不了有些摇晃。当最后一根杉树被搭上，老哥哥倒在了桥边。或许他只是累得想休息一会儿，谁知这一睡，竟是与世长辞。

灵柩停在老哥哥那间古老的堂屋里。男人们搭棚、锯柴、扎岁数签子、安排灯亮；女人们筹备菜蔬。哪儿差个人，很快就有人补上去；哪儿差东西，不用等就有人拿过来。鞭炮声不断响起，一阵压过一阵；长号齐鸣，唢呐呜咽，屋里屋外全是人。全火石坪的人都来了，那牛皮大鼓擂得地动山摇。"撒叶儿荷"的丧鼓调子直响过山坳。守灵人自动轮换，一班没累，又换一班，咚咚的鼓声彻夜不绝。

第二天出殡，人们宰了一只大公鸡祭了棺材。随着永彪村长的一声"起"，十六个壮汉一起托着棺材慢慢移步。长号、唢呐、一溜子大锣的响声漫过了一道道山冈，最后是密密麻麻的送葬人群。我们学生戴了自制白花走在最后。

陌生人从这里路过，必定会以为死者是一位德高望重的长者，谁会想到他不过是一个孤苦无依的烧炭翁呢？三声三眼铳响过之后，棺材入土了。一撮箕一撮箕的土渐渐掩埋了那口杉木棺材。我们的老哥哥被送到了另一个世界。

雪，还在下着，我心中不觉涌起一种苍凉雄壮的崇高感！

樱桃树

老家的樱桃

春雨密密地织着，织进了山，织进了水，织进了翠绿的樱桃树，织进了诱人的小樱桃……

我泡上一盏清茶，独坐窗前，看着这细密贵如油的春雨，思绪又飘回樱花盛开的山乡：春意融融，漫山的樱花衬着诱人的樱桃，看得人心醉不已。

听母亲说，在我很小的时候，大姐偷偷爬上邻居家的樱桃树摘樱桃想喂我吃，谁知不慎从树上摔下来竟不省人事。二爹将大姐抱回家，平放在木板上很久大姐才缓醒过来，从此额头上便有了一道酷似樱桃树的伤痕。后来，二爹在我家屋后、他家门口，栽了两株樱桃树，每年初春，樱花烂漫，美不胜收。

今年，因疫情滞留老家，我再次见识了满山烂漫的樱花之景，它们开得肆意，粉红的、雪白的，一树树、一簇簇，争奇斗艳，仿佛要将整个山林染尽。

一天，二爹经过我家门口，告诉我他栽的两株樱桃树今年挺奇怪，边边角角都开花了，唯独中央的树枝一直不开花，好像是什么不好的预兆。我安慰了几句，说开花不过早晚的事情，不用焦虑。后来，我就回了浙江。

樱桃树 ◑

这段话竟成了我和二爹最后的对话。4月5日传来噩耗，二爹因病溘然长逝，讨论樱桃树开不开花竟成了我们最后的交集。

不知那两棵樱桃树今年有没有结出樱桃。我心里像打翻了五味瓶，如鲠在喉，鼻子发酸……

三升黄豆

　　旧时在乡下，倘若家里来了客人，没处可以割肉、买菜，粗茶淡饭又不好待客，就要弄出点特别的，以示主人家的热情和殷实。奶奶是将黄豆磨成豆腐，如果没时间，也会磨成老家特有的"懒豆腐"。在擂钵里放点大蒜、花椒、山胡椒，放入浸泡好的黄豆，擂好，煮开，撒入萝卜叶、南瓜叶等配料，加上盐巴，一锅香喷喷的"懒豆腐"就出锅了。要是家里存有羊油，点一些进去，锦上添

"香"。一碗金包银的饭，一勺榨广椒、一勺豆豉，再浇上几瓢"懒豆腐"，配上一个腊肉炒豆芽，那就是一顿丰盛的美食。

一升黄豆可做成多种美食，可因黄豆不是主粮，良田自然舍不得种，因而产量并不是很高，平时是不舍得用的。

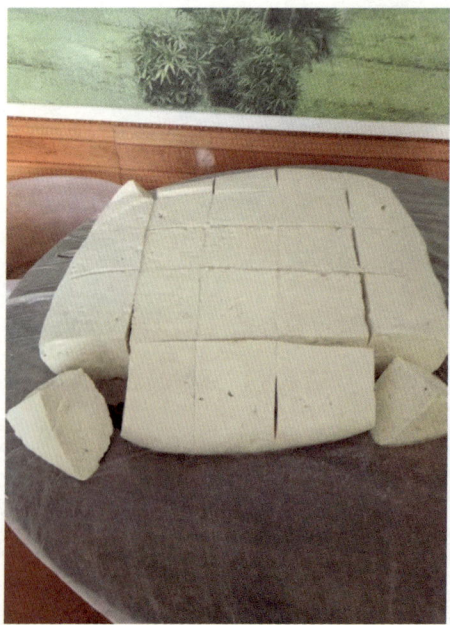

农家自磨豆腐

再后来，聪明的农人试着在水田边、水沟边、石头缝……只要能伸进锄头的地方都种上了黄豆。每逢过年，北方忙着包饺子、南方忙着炸春卷之际，我们鄂西山区则忙着打豆腐，美其名曰——年豆腐！

20世纪80年代初期，刚刚分田到户，农村的种植技术落后，种子未经改良，农民辛苦劳作付出再多，每年依旧青黄不接，到农历三月家里的存粮就不多了。眼看奶奶生日快到了，姑妈等人都要回家，没有豆腐哪成！母亲特意留存在柜子里的黄豆还是被老鼠抢先"惠顾"了。她便让大姐去住在山上的大妈家借三升黄豆，五岁的我也吵着闹着要跟去。

那些年，高山上的良田更少，大妈见我们来了，将火垄里的柴火加旺，先用砂罐在火垄里煨上一坨坨五花肉，再用破碗的瓷片刮去洋芋皮，煮熟洋芋，锅里放入大伯从榨坊带回的卖剩下的脚子油，将洋芋炕得金黄。

大妈听说我们要借黄豆，转身拿了把椅子站上去取下一个竹篮，将里面仅剩的两块过年余下的已熏得很干的豆腐干用包袱裹好，说是黄豆过年就用完了，只余这两块豆

炕洋芋

腐干了，让我们带回去。年幼的我不懂事，以为是大妈小气不肯借，赌气地扔回豆腐干，嚷着要回家。

第二年奶奶生日前夕，大妈送来三升黄豆。奶奶去世后，大妈会在每年奶奶的周年前送来三升黄豆，如此持续了好几年。后来，母亲反复告诉大妈种子在改良、化肥在改良，再也不缺粮了，让她别再惦记着那三升黄豆了。的确，如今物资丰富了，吃野菜都从寒酸变成养生，只是后来再也没吃到过那么香的脚子油炕洋芋了。

2019年11月，八十多岁高龄的大妈一病不起，溘然长逝，就葬在了山上自家的黄豆地头儿。我来到大妈坟头是在她安葬一个月后，坟前的黄豆地已被整得干干净净，正待开春播种，微风摇动着山上稀疏的小树。我的眼前渐渐混沌一片，衷心向她追悔了当年童言无忌对她造成的伤害，并告慰她的在天之灵，愿她往生不再困苦无依。

赤脚医生

赤脚医生，亦农亦医，农忙时务农，农闲时行医，或白天务农，晚上送医送药。家乡向王桥的赤脚医生姓夏，记得小时候总问父母："他不是赤脚医生吗？怎么穿着鞋？"

印象中，夏大夫和农民在外形上是没什么差别的，土布褂子、帆布裤子、解放球鞋，怎么看都像挖泥奔土之人。唯一的标志性物件是他随身挎的那个土黄色挎包，里面放着一些救急的草药，还有我们总缠着他要他又不肯多给的宝塔糖，说是上面有严格规定，半年才给我们发一次，一次只能发三颗。

夏大夫问诊主要是号脉，还有其他一些土办法，据说都是跟着一位老中医学的本领。比如拉肚子用锅灰煎鸡蛋吃，口舌生疮用灶心土泡水喝……总之，他用的药都是本地有的，鱼腥草、山楂、柿蒂、银杏叶、麦冬、杜仲、土茯苓……

后来，县里办了乡村医生培训班。经过一个月的集训，夏大夫学会了使用听诊器、注射，以及一些简单的西药用法，也将其标志性的挎包换成县里统一配发的带有红十字的药箱。药箱里多了注射器和阿司匹林、止痛片等一些简单的西药，只是他依旧依靠号脉诊断。有些乡亲第一次见听诊器感觉新奇，便叫他拿出来用用，他便忽悠乡亲们说听诊器只能给重病患者用，大家就再也不敢提让他用听诊器的事了。

话说回来，夏大夫号脉倒是挺准的。初三那年，我常常生病，复习备考时突然腹部剧痛难忍，放射到后背也疼。号完脉，夏大夫说问题大了——肾结石！当时县巡回医疗

赤脚医生 ◐

队正好在我们村开展疾病诊疗、健康宣教等工作，医疗队的医生用听诊器听了一下，说不是肾结石，而是肠痉挛。双方争论不下，无从开药。打了镇痛药后，父亲带我去乡卫生院做进一步检查，超声显示真是肾结石！巡回医疗队第二天就偷偷地溜走了……

有段时间，我总是干呕，又吐不出东西。父亲怕耽误我学习，直接送我到县人民医院，做了好多检查，就是查不出毛病。回到村里找到夏大夫，开了三服药喝下去也不见好转，父亲就准备带我去武汉看。这时，夏大夫突然来到我家要父亲去柿子树下找柿蒂。四月份的天气，柿树都已抽出了新叶，好不容易才找到几十个柿蒂，放到他开的草药里一试，居然见效了！

"这是师父教的，柿蒂是治疗嗝逆的。我就在想，孩子干呕，又吐不出东西，声音是比较急促的，两者发出的声响极其相像，所以借用一下这味药。"说着，他模仿了一下两种病况发出的声音。夏大夫医术一流，讲得高深玄妙，看病却极为便宜，很多草药都让乡亲们自己去采，教大家如何炮制。甚至还有一些土得出奇的方法：有一个村妇因一时想不开喝了农药，送镇医院洗胃要一小时路程。家属把夏大夫请去，他直接找了个水瓢跑到茅房舀了一瓢大粪，让人按柱村妇直往她嘴里灌。那村妇差点连苦胆都吐出来了，捡回了一条命。

夏大夫奉行"救死扶伤、悬壶济世"的行医之道，不论白天黑夜、晴天下雨，只要有人生病，他总是以最快的速度赶到。在乡里，人们因手头紧出不起药钱是常有的事，夏大夫总是笑眯眯地说："看病要紧，收了玉米、麦子，再来还！"

如今，夏大夫上年岁了，也退休了。听说市里一家中医医院聘请他去坐了一段时间的诊，可他惦记乡里乡亲，又回来了，依然为大伙儿出诊看病，直至生命的尽头。

故乡的蒸肉

家里杀年猪了，母亲总要寄些肉给我。

记得小时候，我家的年猪通常杀得很早，因为就母亲一人在家种地，到冬天猪的口粮往往也不够了。后来大姐辍学回家务农，二姐到县城上了中专，大姐就想尽办法把猪喂到寒假再杀，因为只有放了寒假我家才能一个不少地都回家。

杀猪的头几天，就要和杀猪佬确定好时间，然后请帮忙揪猪的人，主要是一些年轻力壮的老爷们儿，再就是帮忙做饭的几个妇女，他们的子女和亲朋好友都要接来一起玩，参加杀年猪、吃蒸肉等一系列活动。

火垅里的火生得特别旺，把从棕榈树上割下来的棕叶放在火苗上来回轻轻地烤蔫，再将一端踩在脚下，用手从下往上朝同一个方向扭转，将棕叶扭成圆形，到了上端便同脚下的一端合并起来打个结，就成了挂肉的铆子，能承载几十斤重的肉。

杀猪那天，天刚蒙蒙亮，大人们就起来烧开水了，水越烫越好。杀猪佬和帮忙的人都来了，喝完茶就开始揪猪。杀完一头，再杀下一头，杀完了，还要称一下，通常只称一半就知道整头猪的重量了。接着，女主人就要把杀猪佬剁好的肉挑两块上好的五花肉拿到厨房，做格子蒸肉。

格子最下层垫上纱布做的包袱，再垫上一层白菜叶子，这样可以防止蒸出来的油漏出来，然后放上薄薄一层裹有特细玉米粉的老南瓜坨坨，接着在格子的外边一圈整齐地摆放好烙过皮的肥肉，中间则全部放瘦肉。这些肉先用自家的辣椒酱等调料拌匀，再拌上细细的玉米粉。吃格子蒸

故乡的大格子蒸肉

肉时，通常桌上就这么一个格子，然后炒一盘猪血放格子中间，每人盛一碗饭即可。

小孩子都等着杀猪佬收工之际剁猪头。这时，杀猪佬会用一把尖刀把猪头里的一块骨头挖出来，孩子们都喜欢那块骨头，我们叫它"猪八怪"，也就是猪惊骨。因为它的样子非常怪异，有点像鬼脸，也很像龙头，所以得名"猪八怪"。抢到"猪八怪"的孩子甭提有多高兴了。可一个猪头只有两个"猪八怪",遇到孩子多怎么办？杀猪佬要么把那小骨头剁烂，说"这猪头没有长'猪八怪'"；要么挖一块其他部位的小骨头假装"猪八怪"来忽悠小孩子。孩子们拿着骨头左右比较，即便看出不是"猪八怪"也没办法。我在水竹园小学上学的时候，同校的吕正林老师去父亲的宿舍串门，说他家杀了只大公鸡，他儿子吕华在家把鸡头剁得稀烂，问儿子为啥这么残忍，谁知吕华却说："猪头里有'猪八怪'，我看这鸡头里有没有'鸡八怪'！"

工作之后，大姐坚持每年的小年杀年猪，让我务必小年夜赶回家。2005年的国庆节，女友随我去家里住了两晚。父母特地叮嘱我小年夜也带女友回家吃蒸肉。

"先前和我爸说过了，腊月二十四你同我回家，家里杀年猪，到我家吃蒸肉吧！"我对女友说。

"代我问候叔叔阿姨，我没办法去你家吃蒸肉了……"女友委婉地说。

……

到达县城后，我特意挑了最后一班开往乡下的班车——孤身一人，实在不想过早到家。腊月天，黑得快，太阳隐没后就显得格外阴冷。到家时，天色如墨，亲戚四邻已散去。火垅里的柴火烧得很旺，灶膛里的柴火不断，锅里的那一格蒸肉始终热气不减。母亲将蒸肉端上桌，米饭由于闷得久了成了一咬嘎嘣作响的锅巴。铲了一碗锅巴，配上蒸肉，成就了一份治愈心灵的美食，让我忘却了心头的烦恼。见我一人回来，父亲没多问，我也没有提。

经年累月，故乡的山、故乡的水、故乡的人、故乡的事、故乡的年猪、故乡的蒸肉……所有这些汇成乡愁融入我的血液，流淌不止。

跋

　　整理完书中的所有文字已是深夜。躺在床上辗转反侧，毫无睡意，索性翻身起来为这本小书做了个跋。

　　其实，我自小对学习提不起兴致，小学虽然跟随父亲住在学校，但他一直担任校长，带毕业班，抽不出太多精力监督我学习，直到六年级时他成了我的语文老师，才在他的强压下背了几篇课文。初中后，我逐渐对几何产生兴趣，初二开设了物理课，初三开设了化学课，对我来说仿佛打开了一个新世界，我被磁场电路、化学变化、化学反应等科学现象深深吸引，从此成了政治课上的捣蛋鬼，还在英语课上做数理化习题。英语老师吴镜吾为此绞尽脑汁，甚至带我住进他的宿舍，晚上专为我一人补习，也只换来中考才过半百的分数。上高中前，我只能做到不把英文字母和拼音混淆，虽认得几个单词，却读不成句。当时的我连普通话都讲不标准，更谈何英文呢？

为此，我始终难以融入城市生活，骨子里始终有着挥之不去的乡村情结，常常思念乡村的人和事，遂兀自写下一段段与乡愁缠绵的文字。我自认普通人而已，从不奢望成为作家，写作不过是自娱自乐。闲暇之时，追忆时代的前进、乡村的变迁、家庭的变故、生活的磨砺、情感的波折……我只想把自己珍视的那些岁月以文字的方式记录下来，以待日后凭吊。

这本小书得以问世，首先要感谢未婚妻晓晓对我的大力支持与鼓励，让我有勇气出版；感谢我的高中语文老师刘中国老师，百忙之中拨冗对我进行指导；还要感谢表姐刘莉芳，年逾半百还戴着花镜帮我在电脑上整理文章、编辑图片；感谢表妹马俊丽，冒着严寒驱车帮我寻找合适的照片；最后，衷心感谢能够耐心读完这本书的朋友们！正是因为你们的认可和支持，才让我这平淡无奇的沧海一粟有了一本闪闪发光的纪念册！

至此，这本小书就落幕了。但这不是一个结束，而是一个全新的开端！

彭志勇

2021年元月